角川春樹事務所

本書は時代小説文庫（ハルキ文庫）の書き下ろし作品です。

目次

## 芹（せり）

掛け茶屋「まめや」で働きながら、青物売りをしている母親と長屋住まい。かつては役者で市村座の舞台に立ったこともある父の万吉（まんきち）から、幼い頃に踊りや芝居の所作を叩き込まれていた。

## 才（さい）（才花（さいか））

江戸屈指の札差「大野屋（おおのや）」の娘。恵まれた容姿を持ち、どんな習い事にも真剣に取り組む努力家。内心で世間体ばかりを気にする見栄っ張りな父に反発心を抱いている。

## 紅（こう）（花紅（かこう））

才の幼馴染みで、江戸でも名が知られている魚屋「魚正（うおせい）」の跡取り娘。丸顔で父親に似た顔立ちから、才の美しさに憧れている。

## 仁（さと）（花仁（はなさと））

大名家や寺院などに出入りする仏具屋「行雲堂（こううんどう）」の娘。色っぽい見た目に反して辛辣な物言いが多い。戯作好き。

## 静（しず）（静花（しずか））

南伝馬町（みなみでんまちょう）にある薬種問屋（やくしゅどいや）「橋本屋（はしもとや）」の娘。身体が弱い上に極端な人見知り。仁の幼馴染み。

## 東花円（あずまかえん）

才たちの踊りの師匠。西川流の名取だったが破門され、田沼意次（たぬまおきつぐ）の力添えで自ら東流を立ち上げた。

# 大江戸少女カゲキ団 四

おおえどしょうじょかげきだん

# 一

麻布の新光寺からの帰り道、才は駕籠に揺られながら途方に暮れていた。

母に言われて借りた傘を返しに行っただけなのに、父の選んだ縁談相手——三千石の寄合旗本、秋本家の跡取りである利信と出会うなんて思ってもみなかった。

そして、自分の縁談相手はさらに思いもよらないことを言い出した。

——お才殿の本音を聞いておきたい。もし秋本家の嫁が務まらないと思うなら、いまこの場で申すがよい。大野屋から断ることはできぬだろうから、私が破談に持ち込もう。

この縁談に乗り気でなかった才にとって、願ってもない申し出である。いくら大野屋が江戸で知られた豪商でも、才はただの町娘だ。親が望んだ三千石との縁談に否やが言えるはずもない。

利信だって町娘との縁組を疎んじているのだと思いきや、

――期待を裏切ってすまないが、私はこの縁組に不満はない。

――なまじ家柄の良い娘は気位が高くて扱いにくい。表向きは従順でも、腹の読めない女を妻にしたい男などいるものか。

――何より、そなたは美しい。その美しさだけでも十分娶る値打ちがあるではないか。

ならば、なぜ才を呼び出して本心を確かめたりしたのだろうか。訝しんで見返せば、利信は言ったのだ。「我が家に嫁げば、そなたは間違いなく苦労する」と。

人一倍気位が高い舅と姑、表向きは正室として立てつつも、腹の中では「町人上がり」と才を見下す家来や奉公人――そんな人々に囲まれて、愚痴をこぼす相手もいない。利信だっていざとなれば、親や家来の味方をするだろう。

才はそうなることを見越していたから、この縁談を嫌がった。けれど、嫁ぎ先の利信からそう言われるとは思わなかった。

おとっつぁんは店の都合が一番で、あたしの気持ちなんてお構いなしだったのに。

利信様はあたしの気持ちをちゃんと聞いてくださるのね。

それがいかにまれなことか、才にだって見当はつく。女は黙って男の言うことを聞け——そう考える男のほうが多いのだ。

おまけに、利信は役者裸足の二枚目だった。お忍びの着流し姿も凛々しくて、芹の扮する遠野官兵衛と一瞬重なってしまったほどだ。

人を見た目でとやかく言うつもりはないが、肌を合わせる相手なら、やっぱり好いたらしい人がいい。才は駕籠の中でゆっくりと目を閉じた。

利信様が大店の跡取りなら、迷わなくてすんだのに。おとっつぁんは、どうしてあたしをお旗本に嫁がせる気になったのかしら。

せめてもう少し家禄の低い家なら、ここまで尻込みはしなかった。もっとも、所領も持たない旗本など、父は相手にしないだろうが。

もしこの縁談が破談になれば、次はどんな人が出てくるのか。新しい相手を前にしたとき、あたしは後悔しないかしら。

エイホ、エイホという掛け声に合わせて揺れ続ける駕籠のように、才の心も揺れ続ける。その心が定まるより早く駕籠の揺れはおさまった。

「お嬢さん、大野屋に着きやした」

「ありがとう。下ろしてちょうだい」

駕籠かきの声に応えると、駕籠がゆっくり下ろされる。次いで、茣蓙の垂れが上げられて、才の履物が揃えられた。

「足元に気を付けてくだせぇ」

「ご苦労様」

短く礼を言ったところで、生ぬるい風が吹き抜ける。とたんに埃が舞い上がり、才は長い袂で顔を覆った。

江戸は年中埃っぽいが、今日は特にひどいようだ。目に涙を浮かべて辺りを見れば、新光寺と同じくここでも灰が舞っている。

しかし、この灰は一体どこから来るのやら。

麻布と蔵前は江戸の中でも離れている。ここで降っている灰は、新光寺で見たものと同じだろうか。江戸中に灰が降るほどの大火事が起こっているのなら、半鐘の音が鳴り響き、大騒ぎになっているはずだ。

才は小首をかしげつつ、女中の兼の手を借りて駕籠を降りた。

駕籠は歩かなくてすむ半面、閉じ込められて窮屈だ。才は身体と着物のしわを伸ばし、駕籠かき二人に向きなおる。

「あら、さすがは駕籠屋さん。用意がいいのね」

身体の大きい二人組は、手ぬぐいで鼻から下を覆っていた。

「へえ、俺たちゃ口を閉じたまんまじゃ、商売ができやせんからね」

当たり前の用心だと、二人は得意げに目を細める。

駕籠の先棒と後棒は、呼吸と肩の高さを揃えなくては仕事にならない。風の強い日も互いに声を掛け合えるよう、懐にはいつも手ぬぐいを余分に忍ばせてあるという。

才は感心しながら礼を言い、裏木戸をくぐった。

まずは、おっかさんに文句を言わなくちゃ。仕立て下ろしの振袖を着せられたときから、何かあると思ったのよ。

縁談相手に会うとわかっていれば、こっちだってそのつもりで行ったのだ。才が怒りに燃えて玄関の戸を開けたとたん、母の竹が飛んできた。

「お才、どうだったの」

廊下を走ってきた上に、人を玄関に立たせたまま、挨拶抜きで問い質す――もし才が同じことをすれば、「何ですか、みっともない」と叱られたに違いない。

いつもと違う母の姿に、才は呆気に取られていた。

「なぜ黙っているんです。まさか、若様にお会いできなかったの？　あちらのご住職様にはきちんとご挨拶したんでしょうね」

焦った様子の母を見て、才はますます閉口する。日頃娘にうるさく言う行儀作法はどこへ行ったのか。

あたしが新光寺に行ったのは、「おっかさんが借りた傘を返すため」だったでしょう。自分で言った口実をもう忘れたのかしら。

才は自分が落ち着くために、大きく息を吐いてから返事をした。

「おっかさん、こんなところで立ったまま話すことじゃないでしょう。詳しいことは家に上がって話します」

娘に諫められた母は決まり悪げに目を泳がせる。そのまま踵を返そうとして、後ろにいた女中頭と目が合った。

「お蔵、奥の座敷にお茶をお願いね」

「はい、すぐに」

女中頭が姿を消すと、才は母の後ろをついていく。

母の言った「奥の座敷」は、本来、来客用の座敷である。床の間の掛け軸は特に値の張るものばかりで、違い棚の香炉も舶来品だ。

母はさっさと上座に着き、才が座るのを待たずに口を開いた。

「それで、新光寺では何があったの。もったいぶらずに早くおっしゃい」

「おっかさんに言われた通りご住職様に傘をお返しした後、庭で秋本利信と名乗られるお方にお目にかかりました」

身を乗り出す母とは裏腹に、答える才は冷ややかだ。

すべて承知で娘を送り出しておきながら、「何があった」もないものだ。内心うんざりしていると、母はなぜか破顔する。

「ああ、よかった。若様にお目にかかれたのね。おまえなら、きっとそうなると思っていたわ」

続けて母が語ったところによれば、この顔合わせは利信本人が秋本家に隠れて望んだものだった。そのため、新光寺の住職から大野屋に話が来たらしい。

「だとしても、あたしにまで隠す必要はなかったでしょう。いきなり現れた二本差(にほんざし)に『秋本利信だ』と名乗られて、あたしがどれだけびっくりしたか」

「仕方ないでしょう。利信様から口止めされていたんだから」

町人同士の縁談でも、男が物陰から女を品定めするのはよくあることだ。利信だって才の見た目が気に入らなければ、黙って立ち去る気だったのか。

実際には立ち去るどころか、才の前で名乗った挙句、「嫌なら断ってもいい」とまで言ってくれた。すぐに答えられない才に、返事の猶予(ゆうよ)まで与えてくれた。

そんな事情を知らない母は、浮かれた調子でしゃべり続ける。

「おまえはあたしに似て器量よしだもの。必ずお声をかけていただけると、あたしはわかっていましたよ。それで、若様とは一体どんな話をしたの？　その場にご住職様はいらっしゃったのかしら」

母は大身旗本との縁談を聞いて以来、諸手を挙げて賛成している。

大野屋の蔵にどれほど小判が眠っていようと、商人はしがない町人だ。二本差の前に出れば、見下される立場である。見た目と違い勝気な母は、それが気に入らないのだろう。

しかし、才は人に頭を下げられるより、下げるほうが楽である。

父だって札差の客である直参を「時代遅れの役立たず」と陰で嘲笑っている。

おっかさんは血のつながった娘の出世を自慢したいだけなのよ。あたしが嫁ぎ先でどんな苦労をしようと構わないんだわ。

いつだって玉の輿に乗った娘はもてはやされ、うらやましがられる。だが、嫁いだ後の苦労は大っぴらに語られない。

加賀見山の中老尾上だって、町人上がりと岩藤にいじめられているじゃないの。芝居好きのおっかさんなら、あたしのその後も見当がつきそうなものでしょう。

才は恨めしい思いを込めて、じっとりと母を見た。

「おっかさんは何がそんなにうれしいの。あたしは三千石に嫁いだところで、幸せになれるとは思えないわ」

「生意気を言うんじゃありません。おとっつぁんはおまえのためを思って」

「あたしのためより、店のためでしょう。あたしが秋本家に嫁いだって、『町人上がりが生意気な』とお屋敷中から白い目で見られるだけよ」

「大野屋の娘が泣き言を言うなんてみっともない。目下の者に侮(あなど)られるのは、おまえの器の問題です。武家も町人もありません」

「勝手なことを言わないで。おっかさんは大店の娘に生まれて、大野屋の跡取りだったおとっつぁんに嫁いだくせに。あたしだって商家の跡取りに嫁ぐのなら、こんなに不安にならないわ」

　母の実家である下り酒問屋桝井屋(ますいや)は、誰(だれ)もが認める大店である。大野屋の嫁として何の不足もなかっただろう。だが、今度の縁談は事情が違うと、才は声を荒らげる。とたんに、母の目つきが冷たくなった。

「嫁の苦労をしたくないなら、尼寺にでも行きなさい。もっとも、おまえのおとっつぁんは許してくれないと思うけれど」

「そ、そんなつもりで言ったんじゃ……」

秋本家に嫁ぐのは荷が重いが、俗世を捨てたいわけではない。予想外に強い言葉を返されて、才の語気が弱くなった。

「嫁の辛さ、大変さに、身分の上下なんてあるものですか。お才は知らないでしょうけれど、あたしだって大野屋に来てからというもの、義理の両親にどれだけ泣かされたかわからないのよ」

才の祖父母、大野屋の先代夫婦はずいぶん前に亡くなっている。母と祖父母が不仲だった覚えはないが、陰ではいろいろあったようだ。いまも根深い恨みがあるらしく、母は憎々しげに吐き捨てた。

「あたしが旦那様の妾に盆暮れの挨拶をするのだって、姑に言われたからだもの。お竹さんが粗忽をして世間に笑われるのは勝手だけれど、大野屋が笑われるのは困りますと、人前で何度言われたことか。こっちもすっかり意地になって、姑が亡くなっても続けているけれど」

初めて聞く嫁と姑のいざこざに、才は目を白黒させる。母の外面のよさは祖母に鍛えられたのか。

「そんなこと……あたしはぜんぜん知らなかったわ」

「こういうことはわざわざ我が子に聞かせません。とにかく、血のつながった孫娘にはやさしくとも、嫁には鬼より怖い人だったの。もっと長生きされていたら、あたしが先に死んでいたかもしれないわね」

舌打ちを交えて話す母にいつもの気取った様子はない。いままで隠してきた本心をここぞとばかりにぶちまけていた。

また、浮き沈みの多い商家と違い、大身旗本はめったなことで潰れない。いずれは才の産んだ子が当主となって、その血は代々受け継がれるとも。

「お才に娘が生まれれば、きっと器量よし間違いなしよ。三千石のお姫様なら、大名家の御正室も夢じゃないわ」

そう語る母の目は異様な熱を帯びている。姑をとやかく言うわりに、母だって自分の孫には思い入れがあるようだ。

しかし、才は母のように考えられない。

大野屋の娘に生まれた自分でさえ、「大野屋の娘に恥じないように」と習い事に追われて苦労した。三千石のお姫様なら、さらに息の詰まる暮らしをさせられるのではなかろうか。

黙って考え込んでいると、母は娘が納得したと思ったらしい。足取りも軽く座敷を出ていった後、蔵がようやくお茶を運んできた。

「あら、おっかさんに会わなかった？」

才が尋ねると、相手はうなずく。

「はい、廊下でお会いしました」

「遅いと怒られたでしょう。何をもたもたしていたの」

「それが、襖（ふすま）越しに御新造（ごしんぞ）さんの大きなお声が聞こえたので……お邪魔をしないように遠慮しました」

悪びれることなく白状されて、才はばつが悪くなる。どうやら、さっきのやり取りを蔵に聞かれてしまったようだ。

「あたしは御新造さんがお嫁に来られた頃から存じ上げておりますからね。この顔をご覧になると、お話がしづらいかと思いまして」

「お蔵も人が悪いわね」

蔵は吉原（よしわら）の下働きをしていたとき、先代、つまり才の祖父の目に留まって、大野屋の奉公人となった。母に祖父母を悪く言われたので、面白くなかったのだろう。

「でも、あたしの知らないところで、おっかさんも苦労していたのね」

出されたお茶を一口飲み、才は独り言（ひとりご）ちる。母の苦労は父の女遊びだけではなかったようだ。

知らずため息をついたとたん、蔵が片眉を撥ね上げる。

「あたしのような者から見れば、御新造さんもお嬢さんも十分苦労知らずでいらっしゃいますよ」

「そんなことないわ。あたしたちだって」

「失礼を承知で、これだけは言わせてくださいまし。金があってする苦労は、本当の苦労じゃございません」

お嬢さんの言葉をさえぎるなんて、奉公人にはご法度だ。

だが、あえてその法度を犯した蔵の表情はいつになく険しかった。

「金持ちが残らず幸せだなんて、あたしも思っちゃおりません。ですが、金の力は多くの不幸を追い払います。生きるため、食べるための苦労がないなら、それで十分じゃございませんか」

「………」

才が生まれたときから大野屋にいる女中頭ですら、これほど考えに隔たりがある。

町娘の自分が秋本家に嫁ぎ、うまくやっていけるのか。才の不安はますます大きくなった。

その晩、才は床に就いても眠れなかった。

目をつぶると、百日紅の前に立つ秋本利信の姿が浮かんでくる。

浪人じみた着流し姿でありながら、その立ち姿には育ちのよさがにじんでいた。毎度大野屋の店先に押しかけては、「これっぽっちの金では足りん」と大騒ぎする連中とは大違いだ。いまは無役の寄合でも、代替わりをすればお役目に就けるだろう。

そのためには金が要るから、大野屋の娘を娶ろうと考えたのね。おとっつぁんはおとっつぁんで、きっと利信様を見込んだんだわ。

どんなに由緒正しい家柄でも、無役が続けば廃れていく。またどんなに優秀であろうとも、無役のままでは力を発揮できないのだ。

秋本家に嫁ぐとなれは、才は武家の養女になる。

大野屋の娘であることがずっと重荷だったのに、いざ「他家の養女になれ」と言われると、気が進まないのはなぜなのか。

あれこれ考えてみるものの、なかなか考えがまとまらない。才は寝返りを繰り返し、いつしかうとうとしかかったとき、落雷のような不気味な物音を聞いた。

続いて母屋が大きく震え、「すわ地震か」と飛び起きる。

地震でもっとも怖いのは、あちこちで火が出ることだ。才は有明行灯を吹き消すと、四つん這いになって蚊帳から這い出す。手探りで雨戸をこじ開けて、庭に出ようとしたところ、

「……いまは七月だったわよね」

目の前の光景に驚いて、才は思わず呟いた。

植木職人が手間暇かけた美しい庭が、夜目にも白く染まっている。そのまま縁側で立ちすくんでいると、先に庭へ降りた両親から「ぼんやりするな」と怒鳴られた。

「積もっているのは灰と砂だ。着の身着のままでも風邪はひかん」

言われて、才は我に返った。

今日は七夕、いくら今年の夏が雨ばかりでも雪が降るはずがない。

いまの揺れとこの灰は何か関わりがあるのだろうか。この勢いで降り続けば、江戸中が灰に埋まりそうだ。初めて出くわす光景に恐怖のあまり身震いすると、父に手を摑まれた。

「また大きな揺れがあれば、家が潰れるかもしれん。灰まみれになったとしても、外のほうが安全だ」

暗くて表情はよく見えないが、父の声は真剣だった。

火事の多い江戸では、公儀が燃えにくい瓦葺の屋根を推奨している。大店の店や母屋は瓦葺が多いけれど、地震のときは裏目に出る。瓦の重みと強い揺れで、家が潰れてしまうのだ。

気を取り直して庭に降りると、蔵と兼が傘を持ってきた。

「旦那様方、どうぞこちらをお使いください。ああ、みなさま裸足じゃございませんか。お兼、履物を持ってきて」

取って返そうとした兼を「行かなくていい」と父が止める。

「命あっての物種だ。履物なんぞどうでもいい。揺れが収まったとわかるまで、家の中には入るんじゃない。お蔵、昭助は何をしている」

「大番頭さんは途中で何かにつまずいて……ああ、お見えになりました」

噂をすれば影とばかり、大番頭の昭助が手代に肩を借りてやってきた。暗がりの中で慌ててしまい、段差を踏み外したという。

「歳は取りたくありませんな。お恥ずかしい限りです」

「それはお互い様だから気にするな。他の奉公人はどうしている」

「ご安心くださいまし。全員店の外に出しました」

大番頭の言葉に父はうなずき、気持ち声を低くした。

「ところで、さっきの揺れとこの灰は何だと思う。昼前から降り続いているが、私にはまるで見当がつかん」

父ですらこんなことは初めてらしい。才はいよいよ不安を募らせたが、大番頭は「さて」と呟いた。

「地震と灰……手前が小さいとき、祖父から富士(ふじ)の山が火を噴いた話を聞いた覚えがございます。そのときは江戸も大きく揺れて、黒と白の灰が飛んできたとか」

「今度もそうだと？」

問い返す父の声は怪訝(けげん)そうだ。

今日は見通しが悪くてかすんでいたが、江戸から富士はよく見える。もし火を噴いていれば、ここからだって見えるだろう。

「いえ、今日の様子と似通ったところがあると思っただけでございます」

「では、他の山で何かあったかもしれんな」

「何はともあれ夜が明けましたら、秋本様のところにお出かけなさいませ。無役といえども、三千石の御大身です。何か聞き及んでいらっしゃるかもしれません」

父と大番頭がそんなやり取りをしている間、地べたは小動(こゆるぎ)もしなかった。小半刻(こはんとき)（約三十分）ほど経(た)ったところで、才は屋内に戻ることを許された。

しかし、地震のあとは火事が怖い。自分は火を出さなくとも、近所から火が出ることもある。父は二人の手代に不寝番を命じていた。

「さあ、お嬢さんはこのすすぎで足をきれいにしてくださいまし。寝間着を着替えるときは、髪についた灰を払ってからにしてくださいよ」

才は兼に促されるまま、縁側に腰を下ろして足を洗う。それから絞った手ぬぐいで髪を拭き、新しい寝間着に着替えて床に就く。しかし、心配なことが多すぎていつまで経っても寝付けなかった。

翌朝、才が寝ぼけ眼で見上げた空は、いままで見たことがないような泥そっくりの色をしていた。母は不安より苛立ちが勝ったようで、忌々しげに吐き捨てる。

「ああ、うす気味悪いったらありゃしない。何かとんでもない災厄が起こる前触れかもしれないわ」

昨日の上機嫌はどこへやら、思いつくまま蔵に用事を言いつけている。この様子では一日家にいるだろう。

今日は七月八日なのに、これでは高砂町に行けそうもない。十日に一度の楽しみが駄目になり、才はこっそり顔をしかめる。

八の付く日は東花円の稽古所で、少女カゲキ団の稽古がある。

だが、昨夜の地震に続き、この不気味な空模様だ。才は稽古を諦めて、おとなしく家にいることにした。

どのみち稽古に行ったところで、きっと集中できないだろう。今月十五日までに利信との縁談をどうするか決めなければならないのだ。才はひとり部屋にこもり、一日中悩んで過ごした。

翌九日は朝四ツ（午前十時）頃から降った雨のおかげで、ようやく灰と砂がおさまった。

何が原因かわからぬものの、灰がおさまったのは喜ばしい。しかし、積もった灰や砂は溶けて消えることはない。しかも、風が吹くと舞い上がるため、雨上がりの店先では小僧がせっせと掃き集めていた。

翌十日は、久しぶりにお天道様が顔を出した。両親はさっそく出かけたので、才も羽を伸ばす好機である。

だが、遊びに出かける前に、縁談をどうするか決めないと……。ひとり頭を抱えていたら、幼馴染みの紅が訪ねてきた。

「ここ何日かどうなることかと思ったけれど、無事におさまってよかったわね」

「ええ、そうね」

「あの灰は何だったのかしら。お才ちゃんは何だと思う？」

「さあ、あたしにもわからないわ」

いまは終わった天変地異より、縁談のほうが大問題だ。才が首を左右に振れば、紅が膝を進めてくる。

「大野屋のおじさんは、何か言っていなかったの」

「あいにく、何も聞いていないわね」

「何だ、つまんない。お才ちゃんのところに来れば、何かわかると思ったのに」

才の父、大野屋時兵衛は商人でありながら、幕閣にも顔がきく。当然、並みの人間よりもはるかに耳が早かった。

もっとも、紅の家の魚屋魚正だって、大野屋に負けない大店である。

魚は米と並んで、日々の膳に欠くことができないものだ。大名や旗本屋敷の台所にも、魚正の奉公人は毎日のように出入りしている。

付き合いの広さで比べれば、札差の父よりも魚正のほうが上のはず――そう言い返すのも面倒で「悪かったわね」と苦笑すれば、紅がケロリと話を変える。

「そういえば、七日の晩はうちの町内で婚礼があったのよ。のべつ幕無しに灰が降るから、花嫁さんが気の毒で」

「そう」

「でも、もっと気の毒なのは花婿や仲人よ。白無垢の花嫁よりも黒紋付に灰が付くと目立つから」

「ふうん」

「それでもどうにか祝言を挙げたのに、真夜中に地震があったでしょう。新床の花嫁花婿は踏んだり蹴ったりね」

「そうなの」

気の毒だとは思うけれど、見ず知らずの祝言に興味はない。

生返事をしていたら、紅がいきなり口を閉じる。才が「どうしたの」と尋ねれば、怒ったような顔をされた。

「それはこっちの台詞だわ。お才ちゃんたら、てんで心ここにあらずじゃない。一体何があったのよ」

十年を超える付き合いは伊達ではなかったようである。口先だけのごまかしなんて、紅には通用しないだろう。才は「誰にも言わないで」と念を押して、七日に縁談相手と会ったことと、自分の気持ち次第で破談にしてもらえることを打ち明けた。

紅はいまさっきの仏頂面はどこへやら、たちまち目を輝かせる。

「満開の百日紅の庭で二人っきりで会うなんて、その若様も粋なことをするわねぇ。見た目はどんな人だったの」

「それは……」

才の頭に浮かんだのは、凜々しい利信の立ち姿だ。とたんに頰が熱くなり、才は思わず口ごもる。紅は訳知り顔でうなずいた。

「なるほど、お才ちゃん好みのいい男だったのね。さすが大野屋のおじさん、娘の好みをよくご存じだわ」

「べ、別にそんなんじゃ……おとっつぁんは店のことしか考えていない人よ」

「店のことを考えて選ばれた相手を気に入ったのなら、それが一番いいじゃないの」

「あたしは別に気に入ったわけじゃ……」

「でも、嫌いじゃないはずよ」

自信たっぷりに決めつけられて、才は内心むっとする。「どうしてそう思うの」と尋ねれば、紅は低い鼻をうごめかす。

「だって、お才ちゃんの気持ち次第で破談にできるんでしょう。すぐに断ると言わないことが、相手を気に入った証じゃないの」

たとえその通りでも、人に言われると面白くない。才が口を尖らせると、紅が不思議そうに首をかしげる。

「相手を気に入ったのなら、悩まなくてもいいじゃない。お才ちゃんなら、お旗本の奥方様だって務まるわよ」

「あたしはそんなふうに思えないわ。いくら夫がいい人でも、家臣や奉公人にどんな目で見られるかと思ったら……」

それに奥方になってしまえば、紅とも身分が違ってしまう。それでもいいのかと尋ねれば、意外にも紅は笑い出す。

「いいも悪いもないでしょう。いつまでも子供じゃないんだもの。ずっと一緒にはいられないわ」

力むこっちとは裏腹に、やけに物わかりのいいことを言う。「そりゃ、そうだけど」と口ごもれば、紅は得意げにうそぶいた。

「嫁ぎ先が商家であっても、人の妻になれば世間の目がうるさくなるわ。どう転んだって、娘時分のようにはいかなくなるわよ」

確かにその通りでも、紅から言われるのは釈然としない。跡取り娘の幼馴染みは、嫁の苦労と無縁なのだ。

「そう言うお紅ちゃんはいいわよね。一生舅姑と暮らさなくていいんだから」

つい嫌みたらしい口をきけば、紅の眉間にしわが寄った。

「その代わり、一生実の両親に見張られるのよ」

「見張られるなんて、あんまりよ。魚正のおじさんたちはお紅ちゃんを誰よりも大事にしているじゃないの」

自分と違って、紅は両親と仲がいい。

今日に限ってやけにひねくれたことを言うのは、親子喧嘩でもしたからか。顔をしかめて窘めると、幼馴染みは吐き捨てた。

「大事だなんて口ばっかりよ。あたしはこの間、両親の本音を立ち聞きしてしまったの。おっかさんは子育てにしくじったと嘆いていたわ」

ようやくできたひとり娘を甘やかし、女のたしなみや行儀作法をきちんと仕込むことができなかった。いまのままでは大店の跡取りの嫁は務まらないし、職人の女房として家を切り盛りするのも難しい。だから、魚正の奉公人に因果を含めて婿にするしかないだろう――紅の母の言い分に、父も納得していたそうだ。

「実の親からそんなふうに思われていたなんて……。身から出た錆かもしれないけど、あたしはとことんみじめになったわ」

「お紅ちゃん、おばさんたちは悪気があって言ったわけじゃ」

「悪気じゃなくて本音だから、あたしの立つ瀬がないんじゃないの」

話すうちに気が高ぶってきたのだろう。紅は目を赤くして洟をすする。下手なことを言うとかえって傷つけてしまいそうで、才は黙って紅を見つめた。

思いがけない親の本音を耳にして、紅はひどく傷付いただろう。

だが、親に認められたかったら、習い事をもっと真面目にやるべきだった。親の甘さに付け込んでさんざん怠けてきたくせに、いまさら嘆く親が悪いと恨んだところで仕方がない。才に言わせれば、どっちもどっちだ。

一緒に習い事を始めても、お紅ちゃんは稽古が厳しくなるとすぐに投げ出していたじゃないの。最後まで続いたのは、踊りの稽古だけでしょう。あたしはどんなに苦手な習い事でも、投げ出すことはできなかったわ。

そんなことを思ったとたん、紅にじろりと睨まれる。

「なによ、その目は。お才ちゃんだっていざ自分の縁談が決まったら、オロオロしているくせに」

「でも、それは」

「どうせ、あたしは出来そこないよ。一八郎さんだってあたしの姿絵は描きたくないと断るし……。みなであたしのことを馬鹿にしてっ」

言いかけた才をさえぎって、紅が声を震わせる。

一方、才は目を瞠った。

一八郎は質屋金子屋の次男にして、絵師の北尾七助のことだ。

地本問屋蔦屋重三郎の紹介で、芹と才はそれぞれ遠野官兵衛と水上竜太郎に扮して錦絵を描いてもらったが、紅はその名も素性も知らないうちから、一八郎に淡い思いを寄せていた。

だが、魚正の跡取り娘の紅と、絵師の一八郎は一緒になれない。せめて恋の形見に自分を描いてほしいと紅が言い出し、二人で花円師匠に仲介を頼んだが、まさか断られていたとは知らなかった。

「お才ちゃんやお芹さんと違って、あたしじゃ筆を執る気にならないんですって。だから、あたしは少女カゲキ団で頑張ろうと思ったのよ」

「どうして」

「おとっつぁんやおっかさんばかりか、一八郎さんだってあたしが何もできないと思っている。だから、少女カゲキ団の名脇役、中間為八の名を高めてやろうと思ったの。それだけはあたしの力で成しえたことになるでしょう」

道理で、このところ芝居の稽古に熱心だったと納得する。前は誰よりも世間にばれることを恐れ、二言目には「少女カゲキ団を抜けたい」と言っていたのだ。

「でも、一八郎さんはともかく、うまくいっても親には打ち明けられないのよ。それでもいいの」

「ええ、おとっつぁんたちだって、あたしに本音を立ち聞きされたなんて知らないもの。あたしだって面と向かって問い詰めるつもりはないわ。肝心なのは、あたしがあたしをどう思うかってことなのよ」

思いを語るうちに落ち着いたのか、紅の声はもう震えていない。まっすぐこちらを見返す顔はいつになく毅然（きぜん）として見えた。

「だから、お才ちゃんも最後の芝居を頑張るべきよ。そうすれば、嫁ぎ先で何を言われてもへっちゃらになるわ」

「どうしてよ」

「だって、その都度心の中で『あたしが水上竜太郎だって知らないのね』って言い返せばいいんだもの。あんたがあたしを認めなくとも、あたしを認めてくれる人は江戸中にいるんだって」

その呪文（じゅもん）は、少女カゲキ団の名が広まれば広まるほど強力になる——不敵な笑みを浮かべる紅に、才の胸は高鳴った。

なるほど、そういう考え方もあったのか。

少女カゲキ団の秘密は気の持ちようで、自分を支える杖にもなる。才はすっかりその気になって幼馴染みの手を取った。

「わかったわ、少女カゲキ団を末代までの語り草にしてやりましょう」

「さすがはお才ちゃん、そう来なくっちゃ」

かくなる上は嫁入りする前に、大勢の人から拍手喝采を浴びてやろう。その歓喜と高揚は一生色褪せることはないはずだ。

才はそう決心し、その晩、利信への文をしたためた。

二

七月八日の朝、芹は高砂町へ急いでいた。

昨夜は夜更けにゴロゴロ、グラグラと騒がしかった。

貧乏長屋の住人は何か異変を察するたびに、それっとばかり表に飛び出す。安普請の長屋の中にいるよりも、外のほうが安全なのだ。昨夜も灰や砂が降る中をひとり残らず飛び出してきた。

それからしばらく暗がりの中で怯えていたが、地べたは二度と揺れなかった。とたんに誰もが強気になり、「まったく人騒がせな」「だから、たいしたことはねぇと言ったじゃねぇか」と口々に言い、それぞれの住まいに引っ込んだ。

とはいえ、地震は続けざまに起こることも少なくない。

今朝、すり鉢長屋の住人は寝過ごした者が多かっただろう。芹も多分に漏れず、朝四ツを告げる鐘の音で飛び起きた。

夜中に地震で起こされた挙句、夜が明けても明るくならないなんて。これじゃ時の鐘が鳴ったって、朝が来たってわかるもんか。

恨みがましく見上げる空は、見たことのないどす黒い色に染まっていた。

朝四ツを過ぎていれば、お天道様が高いところから見下ろしていて当然だ。それを覆い隠す不気味な雲に舌打ちして、芹は笠をかぶって外に出た。昨日から続くこの灰はいつ降りやんでくれるのか。

おや、あっちの男は傘をさして、肩から風呂敷をかけて歩いているよ。風呂敷は小さく畳めるし、灰を落とすのも簡単だ。うまい考えだと思うけど、見た目はどうもいただけないね。

向こうから歩いてくるおかみさんは、古い浴衣を頭からかぶっている。あれなら笠もいらないし、風呂敷よりも見た目がいいや。

芹は先を急ぎつつ、他人の恰好を品定めする。

もう死んでしまったが、かつてすり鉢長屋にいた年寄りが「空の色がおかしくなるのは、災厄の前触れだ」と言っていた。となると、昨日の大きな音に続く地震、さらにこの灰もさらなる天災の兆しだろうか。

世の中がおかしくなって真っ先に食い詰めるのは、貯えのないあたしたち貧乏人だからね。これから江戸はどうなるんだろう。

芹はにわかに不安になり、知らず足を止めてしまった。

ただでさえ、七月はあの世とこの世が近くなる。

一日に地獄の釜が開き、盆の入りの十三日には亡き人の魂がこの世に戻ってくるという。

もしも昨日の大きな揺れが、地獄の釜の蓋が壊れたせいなら……この先ずっと地獄の釜が閉まらなくなったらどうしよう。

幽霊や亡者の出てくる芝居は好きだけれど、あれは役者が演じているから楽しめるのだ。本物の幽霊や亡者には、できれば一生会いたくない。

だが、一度そんなことを思い付くと怖くなる。地震の前に聞いた音だって地獄の釜の蓋が壊れた証のような気がしてきた。

この世に戻った亡者がそのまま居座ったら大変だ。今年はまめやのおかみさんに頼んで、いつもより念入りに盆の供養をしてもらわなきゃ。でないと、枕を高くして眠れないよ。

芹の仕事先である西両国の掛け茶屋、まめやの女主人の登美は早くに亭主を亡くしている。毎年この時期は盆の供養を欠かさなかった。

——たとえ幽霊でもあの人が戻ってくるなら……いつまでもいてくれると、あたしはうれしいけどねぇ。

よくそんな軽口を叩いていたが、今年は冗談でもやめてもらいたい。

そんな登美に少女カゲキ団のことがばれてから、八の付く日は仕事を休んで高砂町の稽古所に通っている。

だが、いつもと比べて今日の人通りは極端に少なかった。

遅くなってしまったけど、どうせ行くのはあたしひとりに決まっている。芝居の稽古はできないから、久しぶりに踊りの稽古をしてもらえるとうれしいな。

そう思ったら元気が出てきて、芹は再び足を速めた。

少女カゲキ団は、正体を隠した娘たちが男姿で芝居をする一座である。

役者はすべて東流（あずまりゅう）の家元、東花円の弟子であり、芹を除けば箱入り育ちのお嬢さんが揃っている。稽古所の行き帰りも女中を伴うくらいだから、こんな日に顔を出すとは思えない。

特に親がうるさいという静（しず）は絶対に来ないだろう。芹はそのことに思い至り、ほっとした。

この前の稽古は、男のくせに娘のふりをしているお静さんが気になって集中できなかったからね。お師匠さんにもさんざん叱られてしまったし、今日こそちゃんとやろうと思っていたのに。

昨夜の地震と今日の天気ですっかり調子が狂ってしまった。本当に師匠と二人きりなら、稽古のついでに静のことも尋ねてみよう。

そんなことを思っている間に、東花円の稽古所が見えてきた。まず玄関先で笠を取り、着物の灰を念入りに落とす。

「お師匠（つしょ）さん、芹です。遅くなりました」

芹が声をかけると、仏具屋（ぶつぐや）行雲堂（こううんどう）の娘の仁（さと）が現れた。

「お芹さん、待ちくたびれたわ」

そう言うお仁さんは、どうしてここにいるの――喉元までこみ上げた言葉を呑み込み、芹は目を瞬く。さては他の娘たちも来ているのかと慌てたが、稽古場には誰もいなかった。

さすがは芝居狂いで、少女カゲキ団への思い入れが人一倍強い仁である。同時に、よく親が許したものだと感心した。

ここに来る途中の店だって、大戸を閉めたままのところが多かったのに。こんな日もお嬢さんのお供だなんて、行雲堂の女中は大変だね。

余計なことを考えたら、仁に横目で睨まれた。

「お芹さんのせいで、少女カゲキ団の稽古は八の付く日しかできないのよ。仕事がないなら、もっと早く来てちょうだい」

「ごめんなさい」

遅くなったのは確かなので、芹はおとなしく頭を下げる。

しかし、仁がいるなら師匠に静のことは聞けない。仁は静が男だと承知の上で、かばっているはずだから。

それに、踊りの稽古もお預けね。すっかり当てが外れたわ。

腹の中で舌打ちしたとき、花円が稽古場に現れた。

「二人ともよく来たね。あたしもお芹は来るだろうと思ったが……花仁（はなさと）、あんたはちゃんと親に断ってきたんだろうね」

「はい、渋い顔はされましたけど」

仁は得意げに胸を張り、これ見よがしにため息をつく。

「あたしもお静ちゃんは稽古に来られないと思っていました。でも、お才ちゃんたちも休むなんてだらしがないわ」

「あたしはあんたが来たことに驚いたよ。この天気や灰の雨は天変地異の前触れだって、怯えている人も多いのにさ。あんたは怖くないのかい」

どうやら、師匠も芹と似たようなことを考えていたらしい。問われた仁は、「怖いです」とあっさり答えた。

「でも、家に閉じこもっていれば安心だとも思いません。火事のときはちょっとした風向きが生死を分けるし、地震だっていつ起こるかわかりません。だったら、どこで震えていようとおんなじじゃありませんか」

「なるほど、もっともだね」

口の減らない仁に師匠は苦笑する。それからぺろりと舌を出した。

「実を言えば、あたしも花仁が来てくれてよかったよ。仇討（あだうち）の踊りを見直すことになったんでね」

前の稽古でさんざん叱られていた芹は「えっ」と叫んでうろたえる。

もしかして、あたしが踊れなかったから、振り付けを見直すことになったのかしら。だったら、申し訳ないわ。

芹は慌てて頭を下げた。

「お師匠さん、すみませんでした。今度は必ずちゃんとやります。ですから、振り付けを変えないでください」

「お芹、勘違いしなさんな。あんたたちのせいじゃなくて、あたしがへまを踏んだんだよ」

「……それはどういうことですか」

決まり悪げに語る師匠に、今度は仁がにじり寄る。すると、師匠は観念したように目を伏せた。

「三味線で仇討の踊りに使う曲をさらっていたら、知り合いの旦那に聴かれてね。おまけにすっかり気に入られて、『今度、じっくり聞かせてほしい』としつこいのさ。あたしも参っちまったよ」

その場は適当な嘘をついてごまかしたが、あの曲はもう使えないと師匠は言う。

「『仇討の場』で使ったら、少女カゲキ団の正体がばれてしまうからですか」

「ああ、いくらあたしが顔を隠して三味線を弾いたって、その旦那の耳に入れば一巻の終わりじゃないか。危険を承知で使うわけにはいかないだろう」

「じゃあ、また新しく作るんですか」

「勘弁しとくれ。そう次から次に新しい曲なんて浮かびやしないよ。それに、せっかく作った曲をまた誰かに聴かれるかもしれないだろう」

三月にやった「再会の場」は、踊りも鳴り物もない一瞬で終わる芝居だった。

だが、九月に演じる「仇討の場」には踊りがあるため、三味線は欠かせない。「踊りを入れよう」と言い出した芹は途方に暮れた。

どうしよう、あたしのせいだ。

でも、三味線なしじゃ踊れないし……。

縋(すが)るような目を師匠に向ければ、相手は「だから」と話を継いだ。

「仇討の踊りには『京鹿子娘道成寺(きようがのこむすめどうじようじ)』の『道行(みちゆき)』を使うことにした。水上竜太郎が自害する前の踊りは、『鐘づくし』にするつもりだよ。だからすまないけれど、花仁はそれぞれの曲に合わせて、文句を考え直してほしいのさ」

才は去年のおさらい会で「京鹿子娘道成寺」を踊っているし、芹も東流の弟子の前で「道行」は踊っていた。

あの曲なら、振り付けが変わっても踊りやすいわ。それに誰に聞かれても、「娘道成寺」の稽古をしていると周りは思ってくれるもの。

芹は「さすがお師匠さん」と心の底から感心したが、仁は恨めしそうに師匠を見た。

「急にそんなことを言われても……曲に合わせて物語に沿った言葉を並べるのだって一苦労なんですよ」

「それは重々承知だよ。でも、いまの曲をそのまま使えば、少女カゲキ団の正体が世間にばれる恐れがある。あんたはそれでもいいのかい」

いくら思い入れが強くとも、大店の娘である仁が「ばれてもいい」と言うはずがない。不満げに口を引き結び、師匠から目を背ける。

お仁さんにはすまないけれど、少女カゲキ団の正体がばれたら、お師匠さんが一番責められる。こっちが無理を言って秘密の片棒を担いでもらったんだから、これ以上の迷惑はかけないように努めないと。

芹は仁をその気にさせるべく、素早く考えを巡らせた。

「お仁さん、お師匠さんのおっしゃる通りにしましょうよ。そのほうが絶対に客に受けるわ」

踊りの「京鹿子娘道成寺」は誰もが知る悲恋の曲だ。少女カゲキ団の「忍恋仇心中」は、仁が書いた男同士の悲恋である。

「芝居の中の竜太郎と官兵衛に色めいたところは一切ない。でも、官兵衛が『道行』の曲で討たれれば、誰だって竜太郎との悲恋を連想する。この仇討が二人の死への『道行』だと、わかってもらえるんじゃないかしら」

仁のこだわりにこじつけて、もっともらしい言葉を並べる。すると、にわかに仁の目が輝き出した。

「そ、そうね。その通りだわ。あたしったら、仇討や立ち回りに気を取られて、肝心なことを見落としていたみたい。お師匠さん、わかりました。『道行』と『鐘づくし』の曲に合わせて文句を作り直します」

仁はそう言いきると、下を向いてブツブツ呟き始める。師匠は芹に向かってほっとしたように目を細めた。

「じゃあ、お芹も花仁を手伝っておやり」

「……はい」

やはり、自分だけ踊りの稽古をしてもらうわけにはいかないようだ。しかし、少女カゲキ団の役者で、名取でないのは芹だけである。

早くみなに追いつくためにに、踊りの稽古がしたかったのに。でも、タダで教えてもらっているんだもの。図々しいことは言えないわ。

内心ため息をついていると、師匠は稽古場を出ていってしまう。芹は筆を握ってうなっている仁に声をかけた。

「お仁さん、いい言葉は浮かびそう？」

「そう簡単に浮かんだら、誰も苦労はしないわよ」

棘のある口調で言い返されて、芹は目を泳がせる。

師匠は仁を手伝ってやれと言ったけれど、平仮名しか読めない自分に果たして何ができるのか。

だからといって、お仁さんひとりに任せっぱなしも悪いわね。仇討の踊りはあたしが言い出したんだから。

芹は指を折って字数を数えつつ、「道行」の義太夫を口ずさむ。すると、仁が勢いよく顔を上げた。

「お芹さん、もっと大きな声を出して」

「えっ」

「あたしは『道行』の義太夫の文句なんて、うろ覚えなの。お芹さんは全部覚えているんでしょう」

　怒ったように命じられて、芹は声を大きくした。

月は程なく入汐の　煙満ちくる小松原
急ぐとすれど　恋風の振袖重く吹きたまり
びらり帽子のふわふわと

　ここで三味線と太鼓の音が大きくなり、花道に白拍子が登場する。

　芹は「ツツテン、ツツテン、ツントンシャン」と口ずさみつつ、白拍子のように肩をすぼめて両手を合わせた。

「お芹さん、口三味線は飛ばしてちょうだい。踊りの振りもいらないわ」

「そんなことを言われても、三味線や振りを飛ばすと言葉が出てこないのよ」

　芹の頭の中では、師匠の三味線と義太夫、それに自分の踊る白拍子がすべてひとつにつながっている。下手に何かを飛ばすと、間違えてしまいそうだ。

　仁は口をへの字に曲げ、「だったら、一度通してちょうだい。あたしが帳面に書き留めるから」と、矢立の筆を握りなおす。

ならば気合を入れようと、芹はその場で立ち上がった。

しどけなりふり　おお恥ずかしや
縁を祈りの神ならで　鐘の供養へ物好き参り
味な娘と人ごとに　笑わば笑え　百千鳥

芹の口三味線が入るたび、今度は仁が指を折って音の数を確かめる。

そして、最後の文句である「日高の寺にぞつきにける」を書き留めたあと、仁はしばらく天井を見上げて動かなかった。

「お芹さん、ありがとう。疲れたでしょう」

「別に、あたしは平気だけど……」

傍目には、仁のほうがはるかに疲れている。

芹が心配しながら眺めていると、仁が再びブツブツ言いながら指を折り、ややしてうれしそうにこっちを見た。

「ねえ、出だしはこんな感じでどうかしら。『時は至れり、長月の紅葉舞い散る飛鳥山。思い乱るる胸の内、知られまいぞエ、今生は』とか」

仁の口から出てきたのは、まさしく「仇討の場」の情景を表している。芹は感心して手を叩いた。

「お仁さん、いいじゃない。ぴったりよ」

「お芹さんもそう思う？」

「ええ、すごくいいわ。お仁さんは狂言作者としての才があるよ」

正面からほめれば、仁が照れて赤くなる。そのまんざらでもない様子に、芹はうっかり「お静さんのことを聞くなら、いましかない」と思ってしまった。

ここにはお仁さんとあたししかいないもの。お師匠さんが戻ってくる前に、ぜひとも聞いておかなくちゃ。

そして「お静さんのことだけど」と切り出すと、見る間に仁の顔がこわばっていく。芹は構わず話し続けた。

「この前、あたしが働いている掛け茶屋に、お静さんが突然来たのよ」

「そのことなら、お静ちゃんから聞いたわ。仕事の邪魔をしてごめんなさいね」

しらばっくれると思っていたのに、そう返すとは思わなかった。静は「今夜のことは二人だけの秘密だよ」と言ったのに。

つまり、お静さんが先に約束を破ったってことだね。だったら、あたしだって黙っている義理はないわ。

芹は遠回しに聞くのをやめた。

「やっぱり、お仁さんはお静さんが男だと知っていたのね」

「ええ、昔から知っているわ」

「お静さんはどうして娘の恰好をしているの。橋本屋(はしもとや)さんはどういうつもりで息子を娘として育てたのか」

「やめて。それ以上言わないで」

こっちが言い終える前に、仁が強くさえぎる。

そして、いつになく鋭い目を芹に向けた。

「はっきり言えるのは、面白半分でしているんじゃないってことよ。お芹さんもこのことは黙っていて」

生まれてからずっと静とその両親が守ってきたであろう秘密である。軽々しく他人に言う気はないけれど、すんなり聞き分けるのも業腹(ごうはら)だ。どんなに深い事情があろうと、こっちは静に脅(おど)されたのだ。

「でも、お才さんたちには教えてもいいでしょう。仲間に嘘をついていたら、お静さんだって後ろめたいはずだもの」

芝居という嘘を共に演じる仲だからこそ、嘘はつかないほうがいい。

ただでさえ、少女カゲキ団は世間に正体を隠している。数少ない仲間の間で隠し事をしてどうするのか。

芹だって男でないことがばれたとたん、奥山の芝居一座から追い出された。そのときのやりきれなさはいまもはっきり覚えている。

それでも、仁は耳を貸さなかった。

「冗談じゃない。いまさら、あの二人に言えるもんですか」

「でも、何かのはずみにばれたらどうするの」

「お静ちゃんは生まれたときから橋本屋の娘で通っているの。お芹さんが黙っていれば、二人にばれることはないわ」

怒ったように言い捨てて、仁は稽古場から出ていった。

翌九日には雨が降り、ようやく灰と砂はおさまった。

誰もが待ち望んだお天道様が久しぶりに顔を見せてくれたのは、七月十日のことだった。

「いやはや、お天道様が目にまぶしいぜ」

「やっぱり、夏はこうじゃねぇとな」

「おい、七月はもう秋だろうが」

「そりゃ、暦の上ってやつだろう。実のところはこんなに暑い……と今年は言いにくいが、まだやぶ蚊だって飛んでるぜ」

「俺は担ぎ売りをしているから、ここ何日か売り物に灰や砂がついて難儀したよ」

「そんなの、おめぇだけじゃねぇって。ともあれ、お天道様が藪入り前に顔を出してくれてほっとしたぜ」

今日はまめやの床几にも客が戻り、天気の話で盛り上がっている。

どんな仕事をしていても、人はみな天の下に住んでいる。随所に笑いが挟んであっても、みな腹の底では不安なのだ。

無理もないわ。あんな不気味な空の色は、あたしだって初めて見たもの。こんな天気が続いたらどうしようかと思ったわ。

芹はかいがいしく茶を注ぎながら、客の話に耳を傾ける。金払いがいいとは言えないが、晴れてすぐに来てくれた大事な客たちである。

そんなこっちの気も知らず、客たちは額を寄せ合う。

「今年の夏は本当にろくなことがありゃしねぇ。いっそ、お祓いでもしたほうがいいんじゃねぇか」

「いまの時期はお祓いより、先祖の供養が大事だろう。盆の中日に坊主を呼んで拝んでもらえばいい」

「ふん、いまどきの生臭坊主なんて頼りになるか。ここは一番、口寄せを頼んでみようぜ。この世に戻ってきているご先祖がこの先に起こることを教えてくれるかもしれねぇだろう」

「馬鹿馬鹿しい。おめぇの先祖なんぞ信用できるか」

「そう言うおめぇの先祖は江戸に流れてきた田舎者（いなかもの）じゃねぇか」

「何だとっ」

いつものように話が逸（そ）れて、気の短い客たちが睨み合う。すかさず、「まあまあお二人とも」と澄（すみ）が仲裁（ちゅうさい）に入ったところで、芹はそっとその場を離れた。

このところ人影が少なかった広小路（ひろこうじ）も、今日はいつものにぎわいが戻っている。やっぱり、両国はこうでなきゃ――見つめる芹の唇もおのずと弧（こ）を描いていく。そして、人混みの中に見覚えのある娘たちを見つけた。

自分と同じ年頃の二人連れで、ひとりは色黒で小柄な娘、もうひとりは色白だが、女相撲（おんなずもう）の小結（こむすび）のように身体が大きい。どちらかひとりでも目立つだろうが、正反対の二人が並ぶとなおさら目立つ。

芹は笑みを浮かべて、近づいてくる二人を待った。

「いらっしゃいまし。お久しぶりです」

二人は芹の呼びかけに驚いたような顔をする。前に来てから三月も間が空いたので、覚えていないと思ったようだ。

しかし、芹にしてみれば、二人は自分に難癖をつける客を追い払ってくれた恩人だ。たやすく忘れるはずがなかった。

「あのときはお世話になりました」

芹が礼を言ったとたん、馴染み客のひとりが二人を見て手を打った。

「あんたら、お芹ちゃんに絡んだ小間物売りを追い払った娘たちじゃねぇか」

「ああ、黒鼠と白牛みてぇな見た目に見覚えがあらぁ」

それは言い得て妙かもしれないが、年頃の娘に言うべきではない。芹は「失礼なことを言わないで」と笑う客たちを睨みつけた。

せっかくまた来てくれたのに、気を悪くされたらどうするのよ。それでなくとも、今年の夏は客が少なくて困っていたのに。

そんな心の声が聞こえたわけではないだろうが、黒鼠の娘のほうが「気にしません」と声を張った。

「じいちゃんからよく『おめぇは盛りの付いた猫よりうるさい』って言われているから。それに比べれば、黒鼠なんてかわいいもんです」

あっけらかんと告げられた台詞に、芹は噴き出しそうになる。しかし、いくら身内でも「盛りの付いた猫」はないだろう。

黒鼠のじいさんはずいぶん口が悪いようだね。白牛もうなずいていないで、連れの口を止めればいいのに。

そういえば、前のときも白牛はほとんど口をきかなかった。

この二人は見た目だけでなく、中身も正反対らしい。かけ離れた気性のほうが案外喧嘩をしなかったりする。芹は空いている床几を二人に勧めた。

「お二人ともお元気そうでほっとしました。ずっと姿が見えないから、具合でも悪いのかと心配していたんです」

別れ際に黒鼠が「また来てもいいですか」と言ったから、ひそかに当てにしていたのだ。これからは足しげく通ってほしいと頼んだら、黒鼠は悲しげに首を横に振る。

「あいにく、うちのじいちゃんが足を痛めてしまって」

「あら、そうなんですか」

黒鼠は祖父と二人暮らしのため、いままでずっと畑仕事と祖父の世話に追われていたそうだ。

「今月に入ってじいちゃんも畑に出るようになったけど、寺島村に住んでいると、なかなか両国まで来られません。あたしも本当は足しげく通いたいんですけど」

そういうことなら、頻繁に来られなくとも仕方がない。芹はねぎらいの言葉をかけようとして、妙なことを思い出した。

――あたしたちはこの辺りに仲良しが多いの。その顔をしている限り、あんたは両国界隈で小間物商いなんてできなくなるわよ。

芹に絡んできた小間物売りを追い払うとき、黒鼠はそう言っていた。

寺島村に住んでいるなら、両国周辺に知り合いはいないだろう。あれはハッタリだったのかと尋ねると、色黒娘が舌を出す。

「嘘をついたわけじゃありません。あたしはともかく、このお雪ちゃんは横山町の小間物屋、鈴村の娘だもの。あ、あたしは俊と言います」

黒鼠こと俊に背中を押され、雪と呼ばれた白牛はためらいがちに前に出る。とたんに床几の客たちの見る目が変わり、雪はその名の通り白い顔を赤くした。

「鈴村と言やあ、若い娘に人気の店だろう」

「俺はあそこの簪を女に強請られたことがあるぜ」

「その女はおめぇの稼ぎをよく知っているようだ」

「置きやがれっ」

相も変わらぬ減らず口に、芹は今度こそ噴き出した。

鈴村の評判は、金と洒落っけのない芹でも知っている。

若い娘の欲しがる品を手の届く値で売るそうで、鈴村の店先はきれいになりたい娘たちでいつも混み合っているという。担ぎ売りのまめやの常連でも買える簪があるのなら、確かに高くないのだろう。

そんな店の娘なら、近づきたがる娘も多いはずだ。たかが四文をごまかすような小間物売りなど勝負になるまい。

しかし、寺島村の百姓娘と横山町の商家の娘がどうして仲良くなったのか。それに俊のしゃべりは歯切れがよく、村育ちの百姓娘らしくない。

見た目はともかく、物腰やしゃべり方はいかにも江戸の町娘よね。昔はこの近くに住んでいたのかしら。

芹が不思議に思っていると、相手は言いにくそうに切り出した。

「今日ここに来たのは、実はお芹さんに頼みがあって……周りに人のいないところで話を聞いてもらえませんか」

俊の縋るような目つき、さらに娘が他人に聞かれたくない頼みと言えば、色恋沙汰に決まっている。恋の橋渡しがうまくいけば、恩返しになるだろう。芹は一も二もなくうなずいた。

でも、いまいる客の中に目当ての男がいるのなら、考え直せと言わないと。みな人は悪くないけれど、貧乏暮らしで苦労するわ。

居並ぶ客の顔を確かめて、芹は心の中で呟く。そして登美と澄に断りを入れ、二人を連れて広小路脇の稲荷裏へと足を向けた。

人が寄ってこない場所は、人の目につかない場所でもある。人通りの多い広小路と違い、この辺りは積もった灰や砂がそのままになっていた。芹は少々気まずい思いで、足を止めて振り返る。

「ここならめったに人が来ないから、誰かに聞かれる気遣いはありません。それで、あたしに頼みって何ですか」

笑みを浮かべて促せば、いきなり頭を下げられた。

「お願いします。少女カゲキ団の芝居が九月のいつ、飛鳥山のどこでやるのか教えてください」

予想外の申し出に頭の中が真っ白になる。芹は冷や汗をかきながら、「何のこと」としらばっくれた。

だが、向かい合う俊の態度は変わらない。まめやで初めて芹を見かけたときから、「この娘が遠野官兵衛だ」と見抜いていたという。

「あたしは人の顔を覚えるのが得意なんです。でも、少女カゲキ団は正体を隠しているから、知らん顔をしていました」

なぜか申し訳なさそうに告げられて、芹はいろいろ腑に落ちた。

初めて二人に会ったとき、穴が開くほど見つめられた覚えがある。また、俊が小間物売りを言い負かしたときだって、相手の人相を立て板に水と事細かに語っていた。

あたしが遠野官兵衛だとわかっていたから、あの場で味方をしてくれたのね。でも、そこまで察しがいいのなら、錦絵を売り出した事情だってわかってくれてもいいでしょうに。

芹が俊たちと出会った後、「遠野官兵衛を演じた娘がまめやの手伝いをしている」という噂が立った。そのせいで物見高い娘たちがまめやに押しかけ、芹が「人違いだ」といくら言っても、まるで聞く耳を持たなかった。

とうとう登美からも手伝いを休むように言われてしまい、芹は自分と似ていない遠野官兵衛の錦絵を売り出したのだ。おかげで噂は消えたものの、少女カゲキ団の名はますます江戸中に広まった。

できれば人違いで通したいが、二人には助けられている。芹はため息をひとつつき、恨めしそうに俊を見た。

「どうして、芝居の日取りが知りたいの」

「こんなことをお願いすれば、迷惑がられるのはわかっていました。でも、あたしはうちのじいちゃんに少女カゲキ団を見せたいんです」

俊の祖父は頑固な百姓らしく、女の話を聞こうとしない。俊が自分の考えを言うたびに、「黙っていろ」と叱られるとか。

「女は考えが足りないんだから、余計なことを言うんじゃねぇ、男に言われたことを黙ってやればいい——それが、うちのじいちゃんの口癖なんです。おっかさんが家から逃げ出したのも、そんな実の父親に嫌気がさしたからだと思います」

俊の母はひとり娘で、婿を取って家を継ぐことになっていた。だが、縁談がまとまる寸前で、祖父の許から姿を消した。

「じいちゃんがおっかさんを見つけたとき、もうおとっつぁんと所帯を持っていたそうです。怒ったじいちゃんはその場で縁を切ったと言っていました」

その後に生まれた俊は、祖父がいることを知らずに育った。父は母より一回り以上年上で、父方の親戚もいなかったそうだ。

「でも、両親がやっている居酒屋には毎晩大勢のお客が来て、あたしは子供心に寂しいなんて思ったことはありません。みなでわいわい騒ぎながら、にぎやかに暮らす。そんな日がずっと続くと思っていたのに……三年前におとっつぁんが板場で倒れて、二度と目を開かなかったんです」

俊の覚えている限り、父は病で寝込んだことはなかったという。

突然の死に母は半狂乱になり、何とか葬式は出したものの、初七日を待たずに首をくくった。当時十三だった俊は怒りと不安で涙も出なかった。

ひたすら悲しかった父の死と違い、母の死は許せなかった。これからは母と二人で生きていこうと思っていたのに、母は我が子を捨てて父の後を追ったのだ。

「そんなとき、おっかさんが死んだと知ったじいちゃんがあたしを引き取ってくれました。そして、いままで行き来がなかったわけも教えられたんです」

母が祖父を捨てた後、祖父は養子を取ることもなくひとりで暮らしてきたという。

しかも、母に置いていかれた自分を拾ってくれた。

じいちゃんもあたしも、おっかさんに捨てられたんだもの。これからは、あたしがおっかさんに代わってじいちゃん孝行をしよう。

俊は初めのうちこそ殊勝なことを思っていたが、

――お俊も真面目に働かないと、おめぇの母親みてぇになっちまうぞ。

――ったく、使えねぇな。これだから町のもんはだらしねぇ。

――女のくせに、料理も満足にできねぇのか。

――俺が引き取ってやらなかったら、おめぇは野垂れ死んでいたんだぞ。

慣れない畑仕事や家事を容赦なくやらされた上、死んだ母の悪口を聞かされる。知り合いのいない村では、相談に乗ってくれる人もいない。むしろ「親に逆らって出ていった娘の子の面倒を見るなんて立派なもんだ」と祖父がほめられる始末である。

出口の見えない毎日に俊はうんざりする一方、ここから逃げ出した母の気持ちがよくわかった。

「うちのおとっつぁんはいかつい見た目だったけど、うんとやさしい人でした。自分の父親と正反対だったから、おっかさんは年が離れていても、おとっつぁんを好きになったんでしょう」

亭主の後を追ったのも、祖父に頼るくらいなら死んだほうがましだったからか。そんな勘繰りをするくらい、俊への扱いはひどかったという。

それから三年、十六になった俊にとうとう縁談が持ち上がった。とっさに「嫌だ」と答えれば、祖父の張り手が飛んできた。

――母子で俺とご先祖様を裏切るのか！

親から継いだ狭い田畑を懸命に守ってきた祖父は、自分の血を引く人間に跡を継がせたかったのだろう。しわ深い目が真っ赤に染まっているのを見て、俊は重ねて「嫌だ」と言い返せなかった。

「じいちゃんは血筋と田畑を守ることが何よりも大事なんです。養子を取らなかったのだって、血のつながりが絶たれるのが嫌だったからだと思います」

「家の血が大事だなんて、何だかお武家みたいだねぇ」

芹が感嘆の声を上げると、俊が困ったように眉を下げた。

「そんな立派なものじゃなくて……じいちゃんは小作から土地持ち百姓になったご先祖様が誇りだから……。あたしは貧乏百姓の血筋なんて、こだわったって意味がないと思うんですけど」

先祖や祖父がいなければ、母や俊もこの世にいない。その先祖が代々守ってきたものを俊の身勝手で絶やさせるのか――そんなふうに言われてしまえば、百姓は嫌だと言えなくなった。

しかし、いまのような暮らしがこの先一生続くと思ったら、俊は目の前が真っ暗になったという。

「じいちゃんさえ許してくれたら、あたしは近いうちに村を出て、料理屋で働くつもりだったんです。うちが居酒屋だったから、いつか両親がやっていたようなあったかい店を持ちたくて」

祖父の気持ちはわかるし恩も義理も感じているが、自分の夢も捨てたくない。ひとり悶々と悩んでいたとき、幼馴染みの雪に誘われて飛鳥山の花見に行った。

「そこで、あたしたちの芝居を見たんだね」

ようやく話が見えてきて、芹が尋ねる。俊は大きくうなずいた。

「満開の桜の下で、酔っ払いに絡まれても怯むことなく芝居を続け、あっという間に走り去った。その姿がいままで観たどんなものより輝いて見えました」

俊は頬を染め、こぶしを握ってまくしたてる。

そう言ってもらえるのはうれしいが、それと祖父に芝居を見せることがどうつながるのか。俊に尋ねると、背筋を伸ばして言いきられた。

「じいちゃんはいつも『女は男にかなわねぇから、黙って引っ込んでろ』って言うんです。でも、少女カゲキ団は人前で堂々と芝居をしていました。男の酔っぱらいに絡まれても、気迫で追い払ったでしょう」

　女だってもう黙って引っ込んでいなくていい――俊は芹たちを見てそう感じ、祖父にも見せたいと思ったらしい。

「うちのじいちゃんがいくら頑固なわからずやでも、少女カゲキ団を見にくる大勢の娘たちと、お芹さんたちの芝居を見れば、『女は引っ込んでろ』なんて言えなくなる。だから、お願いです。芝居の日時を教えてください」

　手を合わせて頼まれても、自分の一存で安請け合いはできない。芹は困って眉の間を狭くした。

　いまの話を聞く限り、俊の祖父が少女カゲキ団を気に入るとは思えない。むしろ、「女のくせに生意気だ」と怒り出すのではないか。芹が懸念を口にすると、俊の顔がこわばった。

「お芹さんが心配する気持ちもわかります。でも、あたしはおっかさんのように黙って逃げたくないんです」

　俊の母は意見の合わない祖父から逃げ、夫に先立たれると、我が子からも逃げた。そんな母への反感から、俊は黙って家を出たくないという。祖父に自分の考えを認めてほしくて、少女カゲキ団に一縷の望みを託しているのだ。

ここまで見込まれてしまったら、この場で断るなんてできないわ。でも、他の仲間に伝えたら、何を言われるかわからないし……。

険しい顔で考え込むと、「お願いします」と俊が言った。

「寺島村は飛鳥山に近いから、『紅葉狩りに行こう』と言って、じいちゃんを駕籠で連れ出せます。そのためには芝居の日時がわかっていないと駄目なんです」

再び二人揃って頭を下げられ、芹は頭を抱えてしまった。

## 幕間一　大野屋時兵衛の算盤

江戸ではいま、狂歌の花がにぎやかに咲き誇っている。

三十一文字と言っても古臭くて気取った和歌と違い、洒落でいまの世を風刺する。さらに澄ました和歌を下敷きに笑いを取ったことで、狂歌は武家だけでなく、町人の間でも広まった。

風雅とやらは不案内だが、洒落と皮肉は任せておけ――にわか狂歌師の面々は、「狂歌合わせ」や「歌角力」でその優劣を競い合う。勢い、江戸の料理屋では毎晩のように狂歌の会が開かれている。

とはいえ、今夜はただの酒宴だったはずだ。

なのに、どうしてこうなったのか。

大川に面した料理屋の二階座敷で、札差大野屋時兵衛は眉を上げた。

五日前の「七夕の会」が天気のせいで盛り上がらず、今夜の宴席はその口直しとして開かれたものだ。星は今夜も見えないものの、艶やかな芸者の踊りを楽しみ、盃を傾けるはずだった。

ところが、集まった客の中に昨日の歌角力で揉めた二人の商人が含まれていた。昨日の今日にもかかわらず、双方再度の歌角力を申し出る。

今夜の世話役である蔦屋重三郎は、吉原の地本問屋を営む傍ら、「蔦唐丸」という狂名を持つ狂歌師だ。招かれた客の多くも狂歌を嗜む下級役人や商家の主人で、踊る芸者をそっちのけで二人の諍いを面白がる。

とうとう三味線の音が止んで、芸者たちはしらけた様子で踊りをやめた。

「でしたら、この場はお譲りします。稲葉屋さん、伊豆屋さん、さあどうぞ」

金屛風の前を譲られた因縁の二人――蔵前の札差稲葉屋真五郎と深川の材木商伊豆屋甚吉が威勢よく立ち上がる。囃子方の芸者は小太鼓を持ち出し、ばちさばきも軽快にトントン、トトンと叩き始めた。

　それを見た重三郎が諦め顔で進み出る。

「では、突然ではございますが、お二人にただいまから歌角力をしていただきます。行司は僭越ながら手前、蔦唐丸があいつとめまする」

　軍配代わりに白扇を持ち、重三郎が金屛風を背にして中央に座る。稲葉屋と伊豆屋は行司を挟んで向かい合った。

「稲葉屋さん、丸太担ぎの親方なんぞに負けなさんな」

「蔵前の男伊達を見せてやれ」

　三人が位置に着いたとたん、居合わせた数人の札差が同業の稲葉屋を後押しする。稲葉屋が自信ありげにうなずくと、続いて野太い声がした。

「伊豆屋さん、木場の心意気を見せてやれ」

「なまっちろい金貸しなんぞ屁でもねぇ」

　こちらも同業からの声援が飛び、伊豆屋も無言で片手を挙げた。

　材木商は気の荒い鳶や川並を相手にするため、商人にしては体格がよく、肌の浅黒い男が多い。腕っぷしの勝負なら、明らかに伊豆屋のほうが強そうだ。

　だが、向こうっ気の強さであれば、札差だって負けてはいない。

札差が金を貸す客は旗本御家人だ。二本差相手に「もっと貸せ」とすごまれようとも、動じることなく追い払う。その胆力がなかったら、札差の主人は務まらない。

盛り上がる周囲を尻目に、時兵衛は酒を飲んでいた。今夜は長居をする気などなかったのに、これでは重三郎に近寄れない。もとより、材木商と札差は互いに互いを目の敵にしているところがあった。

どちらも儲けの大きい商いで、吉原や芝居茶屋、祭りの寄進といった見栄を張る場面で張り合うことが多いのだ。稲葉屋と伊豆屋もそのあたりのいざこざを引きずっているのだろう。

だからって、人目も憚らずむきになるなんてみっともない。一人前の商人なら、場をわきまえてほしいものだ。

ひとりしらける時兵衛をよそに、狂歌の題は「雨」と決まった。行司の重三郎はこの夏の雨の多さから思いついたらしい。

「では、さっそく始めましょう。お二人とも、あたしがこの銚子を空けるまでに詠み終えておくんなさい。稲葉山も伊豆海も待ったはなしでござんすからね」

重三郎はそう言うと、手酌で酒を飲み始めた。そして三杯飲み終えると、いきなり銚子に口をつける。

「こりゃ、大変だ。稲葉山、急がないと」

「伊豆海もだ。もたもたしていると、負けちまう」

周囲の声に急かされて、二人は慌てて筆を動かす。それからいくらもしないうちに、重三郎が銚子を逆さに振った。

「さて、では詠み上げていただきます。まずは東ぃ、稲葉山ぁ」

酒飲み行司に即席の四股名を呼ばれて、稲葉屋は軽く咳払いした。狂歌を書いた懐紙を手に周囲を見回す。

「えぇ、では。雨過ぎて晴れ来たるらし白妙の衣干すてふ裏の長屋は」

「………」

慌てて詠んだものとはいえ、これはひどい。

時兵衛はぽかんと口を開けたが、他の札差連中の立ち直りは早かった。あちこちから拍手と「いいぞ」という声が上がる。こういう面白半分の勝負では、大きい声を出したほうが有利なのだ。

行司も気を取り直し、顔の向きを変えた。

「それでは西ぃ、伊豆海ぃ」

一方の伊豆屋は稲葉屋の駄作を聞き、勝ちを確信したのだろう。おもむろに胸を張ると、よく響く声で詠み上げた。

「急な雨ぇ、行くも帰るもびしょ濡れでぇ、知るもぉ知らぬもぉ、今日の天気ぃ」

負けず劣らずのひどい出来に、重三郎も顔を引きつらせる。

だが、材木商たちはやんやと囃し立て、稲葉屋と伊豆屋は睨み合った。きっと、昨夜もこの調子だったのだろう。

これでは決着がつかないわけだと、時兵衛は右手で目を覆う。どちらを勝ちにしたところで、負けたほうが納得するまい。

角力だったら取り直しというところだが、稲葉屋と伊豆屋のへぼ狂歌では、いつまでも決着がつきそうにない。

さて、重三郎はどうするか。

時兵衛が面白がっていると、まず稲葉屋が口を開く。

「行司さん、何を迷うことがあるんだい。誰がどう聞いたって、この勝負はあたしの勝ちじゃないか」

「稲葉屋さん、それは聞き捨てならないよ。おまえさんの歌のどこがいい」

すかさず異を唱えたのは、もちろん伊豆屋である。男らしい眉を吊り上げ、稲葉屋を睨みつける。

「裏長屋に干してあるのは、洗っても汚れが落ちない古衣だろう。持統の帝もこいつを聞けば、呆れて顎を外すだろうぜ」

「ふん、そっちの歌よりはるかにましだよ。あまりのひどさに蝉丸法師が目を回しているに違いない」

二人は互いに相手の歌をけなし合い、揃って重三郎を見た。

「さあ、どっちが勝ったんだい」

大店の主人二人に詰め寄られ、面の皮の厚い重三郎もさすがに怯んだようである。悩んだ末に手を打った。

「お二方とも素晴らしい作で、あたしのようなへたくそには優劣なんて決められません。ここは三人寄れば文殊の知恵、みなさまのお考えもうかがいましょう」

他の者を巻き込めば、自分だけが恨まれるのは避けられる。見え透いた逃げ口上に稲葉屋は気色ばむ。

「何だい、それは」

「……まあ、いい。そういうことなら、他の意見を聞こうじゃないか。幸い、ここにいるのは狂歌を嗜む人ばかりだ」

伊豆屋の言葉に、同じく材木商の木曽屋が続いた。

「そういうことでしたら、手前も言わせてもらいましょう。稲葉屋さんの歌も悪くはありませんが、先月の大雨を思わせる伊豆屋さんのほうがより風刺が効いていると思いませんか」

「だが、結びがよくない。字足らずで座りが悪いじゃないか。あたしは稲葉屋さんのほうが絵になっていると思うね」

すかさず稲葉屋の肩を持ったのは、札差の風見屋だ。その名の通り「風向き次第で態度を変える」と評判なのに、めずらしいこともあるものだ。

「いや、稲葉屋さんの歌は工夫がない」

「伊豆屋さんの歌よりはましじゃないか」

「おまえさんは狂歌ってものがわかっていない」

「己のことを棚に上げて、よくそんな口が叩けるもんだ」

いつの間にか札差と材木商の言い争いになってしまい、芸者たちは座敷の隅で居心地悪そうに固まっている。他の客たちはうんざり顔になっていた。

時兵衛は札差でありながらひとり知らん顔をしていたところ、うっかり稲葉屋と目が合った。

「大野屋さん、おまえさんはどう思う」

いきなりお鉢が回ってきて、時兵衛は内心臍を嚙む。「いや、私は」と言いかけたとき、伊豆屋も横から口を挟んだ。

「ああ、時兵衛さんが勝負を決めてくれるなら、こっちも文句は言うまい。あの『万載狂歌集』にも載ったほどのお人だからね」

「万載狂歌集」は、今年の正月に売り出された狂歌集だ。

この本がたいそうな人気を博したせいで、江戸はいま狂歌本流行である。そして伊豆屋が言う通り、時兵衛は狂名「歌留多融」として一首だけ載っていた。

札差だから「カルタ（札）トオル（取る）」。蔵前の住人ならば、誰でも知っていることだ。

しかし、伊豆屋の味方の材木商は初耳だったらしい。とたんに稲葉屋を悪く言うのをやめて、期待に満ちた目を時兵衛に向ける。

満座の席で期待をされたら、しっぽを巻いて逃げられない。

時兵衛はやむなく、下腹に力を入れた。

「私も、どちらも甲乙つけがたい」

「おや、大野屋さんの言葉とも思えないね」

「そうだよ。そういう逃げ口上は蔦重さんだけで十分だ」

「どうしても決めかねるなら、あたしはもう一度詠んでも構わないよ」

「ああ、望むところだ」

稲葉屋と伊豆屋は一歩も引かず、さらに狂歌を詠むという。そんなことをされてたまるかと、時兵衛は口の端を上げた。

「ですが、七夕の晩も地べたが揺れたじゃありませんか。お二人の狂歌はそれぞれ素晴らしいものですが、ここはあえて勝負を流しましょう。何度も歌を詠み比べ、さらに大きな地震が起こると困ります」

かの「古今集」の「仮名序」に、和歌は「力をも入れずして天地を動かし」とある。

「素晴らしい歌を詠まれると、また天地が動きかねない」と言ったところ、互いにまんざらでもない顔つきになった。

「ま、まあ、大野屋さんがそこまでおっしゃるなら……」

「そういうことなら、仕方がないな」

時兵衛のほめ殺しで騒がしい歌角力は幕となり、札差と材木商の睨み合いはなくなった。控えていた芸者たちは胸をさすって立ち上がり、客に酒を勧め始めた。

「大野屋さん、おかげさまで助かりました。それにしても、天地を動かすとは大きく出ましたね」

座敷が落ち着いてから、重三郎が銚子を手に近寄ってきた。強引に酒を注がれつつ、時兵衛は「まったくだ」と小声で返す。

「行司が勝負を決めないで逃げるなんてずるいじゃないか。ここが土俵なら、おまえさんは切腹ものだ」

「面目次第もありません。お詫びと言っては何ですが、この話はご存じですか。七夕の夜の地震と灰――あれは浅間山の噴火によるものだそうですよ」

「ああ、そのようだね」

時兵衛はすでに知っていたので、平然とうなずく。だが、腹の中では重三郎の耳の早さに舌を巻いていた。

自分が聞いた話では、浅間山は七月五日の夜から大きな噴火が続き、周辺の生き残った人間が表に出られるようになったのは九日のことだったらしい。

信濃から江戸まで三日はかかる。

今日は十二日、浅間山の噴火を知る町人はまだほとんどいないはずだ。

時兵衛は浅間山の麓に所領を持つ旗本、酒井与左衛門の用人から今日の昼に聞いたけれど、重三郎はいつ誰から聞いたのか。

もっとも、向こうは向こうでこちらの早耳に驚いたらしい。口を大きく開けて時兵衛を見た。

「とっときのネタだったのに、ご存じでしたか」

「天災が起きたとき、まず必要になるのは金だからね。私はおまえさんが知っていることに驚いたよ。一体誰に聞いたんだい」

「それはまあ、いろいろと……。今度ばかりはさすがの大野屋さんも知らないと思ったのに、いやはやお見それいたしました」

慇懃に頭を下げたものの、その表情は悔しげだ。よほど、己の耳の早さに自信があったようである。

当てが外れて悔しくとも、人前でそういう顔をしなさんな。歳のわりにしっかりしているとと思っていたが、買いかぶっていたようだね。

それにおごっていなければ、大野屋時兵衛の娘と承知で、ちょっかいを出したりしないだろう。これでようやく今日の本題に入れると思い、時兵衛は「とんでもない」と謙遜する。

「お見それしたのはこっちのほうだ。おまえさんは知らないことなんてないんじゃないのかい」

「それを言うなら、大野屋さんのほうでしょう。手前なんて足元にも及びません」

「いやいや、私なんて実の娘のことすらよくわかっていないらしい。父親として情けない限りだよ」

苦笑を浮かべて見返せば、食えない男が瞬き（まばた）をした。だが、すぐさま目を細め、よく見る笑みを張り付ける。

「おや、大野屋さんほどのお人でも、お嬢さんのお気持ちはわかりませんか。人は案外、近くほどよく見えないと申しますから」

「おやまあ、二人で額を合わせて何の内緒（ないしょ）話です。儲け話なら、手前もまぜてくださいよ」

重三郎の話をさえぎり、ほろ酔い加減の稲葉屋が横から口を出してきた。やっと本題に入ったのに、とんだ邪魔が入ったもんだ。時兵衛は内心舌打ちしたが、何食わぬ顔で返事をした。

「儲け話だなんてとんでもない。年頃の娘の気持ちはわからないという話です」

「さては、蔵前小町（くらまえこまち）と評判のお嬢さんのことですか。大野屋さんが風にも当てずに大事に育て、いずれはお城に上げるという」

「稲葉屋さん、私は娘をお城に上げる気なんぞありません。そんな話、どこでお聞きになったのやら」

「では、根も葉もない噂でしたか。あれほどの器量なら、ただの商人の嫁にはもったいないと思いましたが」

「所詮は苦労知らずの町娘です。奥勤めなど、あの子には無理でしょう」

「そうは言っても、世間に知られた小町娘だ。これからも大野屋は安泰ですな。手前にも娘がいれば、いろいろ使い道があったのですが……あいにく、パッとしない倅ばかりで困ったものです。本当に大野屋さんは恵まれていらっしゃる」

狂歌は下手でも、商人としては油断がならない。稲葉屋は言いたいことだけ言うと、よろめきながら離れていった。

「稲葉屋さんは大分酔っていたようですね。大野屋さんに向かって、娘の使い道だなんて人聞きの悪い」

傍の耳を気にするように、重三郎が小声で言う。時兵衛はさらりと言い返した。

「いえ、稲葉屋さんの言う通りです。穀潰しになりかねない息子と違って、娘は何人いても役に立つ。吉原に詳しい蔦重さんは誰よりもよくご存じでしょう」

安い岡場所に比べると、吉原は若い女郎が多い。亭主ではなく親に売られて、苦界に沈む娘が多いからだ。

「娘は家の財産です。余計な手出しはしないことだ」

「大野屋さん、それは」

「他人の財産に手を出せば、盗人と同じ。何をされても文句は言えますまい」

時兵衛が笑って念を押すと、重三郎が青ざめた。

「ちょっと突かれたくらいで青くなるなら、初めからちょっかいを出さなければいいものを」

料理屋からの帰り道、時兵衛は暗い夜道で独り言ちる。供の手代が「どうかなさいましたか」と聞き返した。

「いや、何でもない。ああ、足元を照らすのは結構だが、もう少し提灯を離しとくれ。そんなに近づけられちゃ、蹴飛ばしちまうよ」

「これは気の利かぬことで、申し訳ございません」

手代はたちまち小さくなり、主人からもう一歩距離を取る。時兵衛はそっと息をついた。

娘が家の財産なら、息子は家の守り手だ。生まれ育った家を守り、さらに大きくする責務を負う。時兵衛もまた大野屋の息子に生まれ、否応なしに店を守る運命を背負わされた。

才が「大野屋の娘」という看板を嫌っているのは知っていた。時兵衛自身、若い頃は何度も反発を覚えたものだ。

だが、金を稼ぐことの大変さ、何より金のないみじめさを知ってしまえば、生意気な口など叩けなくなる。見習い仕事のつらさなど、貧しさゆえの絶望に比べれば、物の数ではないとわかった。

そして大きくなった身代は、時兵衛の肩にのしかかった。

小さな船は小回りが利くが、大きな船はそうもいかない。載せている荷や人の数が多いため、転覆すればあらゆるものを巻き込んでしまう。

しくじることが許されないから、大野屋の子育ては厳しくなる。何代も続く老舗であっても、愚かな当主がひとり出れば潰れてしまうからだ。

一方、代々続く直参にはそういう愚か者が後を絶たない。

先祖の手柄を我がもの顔で吹聴して、札差に金を借りながら「たかが町人」と下に見る。さらに「幕府が続く限り、我が家は安泰だ。安心して金を貸せ」とふざけたことを抜かすのだ。

才の縁談相手、秋本家もどちらかと言えば、その類である。

秋本家は三千石の大身のため、借金の多さもまた所領を持たない連中の比ではない。

今度の縁談はいよいよ切羽詰まって申し出たことだろう。無役の寄合のままでは役得もなく、先細るのは目に見えている。

そこで当主は不本意ながら、田沼様に賂を贈ることにしたらしい。時兵衛は秋本家の用人から腹積もりを聞かされたとき、「いまさら何を言っている」と腹の中で笑ってしまった。

田沼様が老中となり、政の中心になって十年を超えた。

近く跡取りが出世をするという噂もあるが、このところの天災続きで権勢に陰りは見えている。取り入る気があるのなら、もっと早く動くべきだった。

これまで「反田沼」を公言しておきながら、陰りが見えたいまになってすり寄ろうとするなんて。よくよく世間の流れが見えないようだな。

時兵衛の読みでは、田沼時代はあと三年持つか怪しいところだ。その後は反動で「質素倹約」が声高に叫ばれ、商人には厳しい時代が来る。そうなったとき、三河以来の家柄を鼻にかける秋本家とのつながりが役に立つ。

――いいか、一流の商人と呼ばれたければ、常に過去に倣い、現在を見て、来るべき未来に備えろ。人の尻についていくようでは、大野屋の暖簾は守れんぞ。

かつて時兵衛は、父からそう言われた。

大野屋の主人は代々その名に「時」がつく。一流の商人として時流に乗り、さらに時流を操れとの願いが込められている。時代の変わり目を感じたからには、手を打たないわけにはいかなかった。

才には芸事や行儀作法を人一倍厳しく仕込んである。同じ商家に嫁いだところで、それなりの苦労は付き物だ。だったら、さらに苦労をしようとも、大野屋の役に立ってもらおう。

妻は娘の出世を喜び、己の血を引く孫やその子がさらに高い身分となることを夢見ている。だが、時兵衛にとって重要なのは大野屋だ。

田沼様が失脚すれば、潰れる大店がたくさん出る。秋本家なら苦労はしても、夜逃げや一家心中はないからな。

これも立派な親心、あとは唯一の心配の種を取り除いてしまうことだ。蔦屋重三郎は馬鹿ではない。あれだけはっきり言っておけば、すぐにも手を引くだろう。

そんなことを思っていたら、前方に本多（ほんだ）家の白壁が見えてきた。

「明日は晴れるかねぇ」

時兵衛は足を止め、真っ暗な空を仰ぎ見る。提灯を手に前を歩いていた手代も立ち止まった。

「……手前はひどい雨さえ降らなければ、特に文句はございません」

札差の手代は貸金の取り立てに旗本御家人の屋敷を回る。晴れていれば小半刻で行けるところも、雨だと倍の時がかかるのだ。

「なかなかいい心がけだ。人間、欲張ってはいけないね」

人生、晴れの日ばかりではない。

だからこそ晴れの間に、雨や雪に備えることが肝要だ。時兵衛はそう己を戒め、翌日の晩、東花円を馴染みの料理屋に呼び出した。

「花円師匠、急に呼び出してすまなかったね」

何しろ、遣いをやったのは今日の昼前である。時兵衛が口先だけで謝ると、花円は口の端を上げた。

「とんでもない。大野屋の旦那にはいつもお世話になっていますもの。親の死に目に会えなくたって馳せ参じますよ」

「そりゃ、頼もしい。ああ、去年の暮れのおさらい会は楽しませてもらった。うちの娘があそこまで踊るとは思わなかったよ」

これは口先だけではなく、腹の底から思っていた。

だが、才にこれ以上踊りや芝居にのめり込まれては困るのだ。こちらの思いを見透かすように花円があっさり口にした。

「……大野屋さんほどお忙しいお人がいまさらそんな話をするために、あたしを呼び出すとは思いません。早く用件をおっしゃってくださいな」

座敷にはまだ料理どころか、酒も運ばれてきていない。

大事な話をするから呼ぶまで誰も近寄るなと、女将に念を押してある。時兵衛はあえて微笑んだ。

「おまえさんもせっかちだね」

「何とでもおっしゃってくださいな」

「……実は、お才の縁談が決まりそうでね。おまえさんがけしかけている妙な遊びをいますぐやめさせたいんだよ」

ひとまず持って回った言い方をすれば、花円は片眉を撥ね上げる。

「妙な遊び？　一体何のことです」

「やれやれ、はっきり言わせるつもりかい。世間で噂の、少女カゲキ団のことに決まっているじゃないか」

いくら人払いをしてあっても、できれば口にしたくなかった。

早口で吐き捨てた時兵衛の前で、花円は無言で首をかしげる。食えない踊りの女師匠はとことん白を切るようだ。

「まさか、私が気付いていないと思っていたのかい？　だとしたら、大野屋時兵衛もなめられたもんだ」

「いいえ、あたしは本当に」

「往生際が悪いのは見苦しい。おまえさんに似合わないよ」

これまではいざとなれば揉み消せると、見逃がしてきた。

とはいえ、秋本家との縁談が決まったからには放っておけない。時兵衛は苛立ちを込めて花円を見た。

「お才が女の身を口惜しく思っているのは知っていたがね。まさか、男の姿で芝居をするとは思わなかった。あの子は生まれを間違えたようだ」

跡取りの長男と比べても、才のほうが物覚えはいい。家業が札差ではなかったら、婿を取ることも考えただろう。

だが、二本差相手の商売は女主人の手に余る。その代わり、どんな家にも嫁げるように厳しく芸事を習わせたことがいよいよ実を結ぶときが来た。目前で台無しにされてはかなわない。

「おまえさんも知っての通り、札差というのは荒っぽい連中も抱えている。これでも師匠の踊りは気に入っている。手荒な真似はさせないでもらいたいね」

あくまで逆らうなら、腕ずくでやめさせる——あえてやさしげな声で言えば、花円の顔がこわばった。

「……大野屋さんはどうしてお知りになったんです。飛鳥山で娘の芝居を見たわけじゃないでしょうに」

「そりゃ、いろいろとね。自分の娘に裏をかかれる情けない親とは違います」

娘のそばに兼を張り付かせているのはそのためだ。余裕たっぷりにうそぶけば、花円が忌々しげに吐き捨てた。

「なるほど、お兼さんが裏切ったんだね。人は見かけによらないよ」

「裏切るなんて人聞きの悪い。お兼は大野屋の奉公人として、己の務めを果たしただけですよ」

兼は時兵衛がその腕を見込んで雇ってやった奉公人だ。主人に知らせるのは当然のことなのに、花円は腹の虫がおさまらないらしい。苛立ちもあらわに指先で腿を叩いている。

「師匠こそ、こういうときは親に一言あってしかるべきだろう。弟子と一緒に親を騙してもらっちゃ困る」

「別に騙しちゃいません。黙っていただけですよ」

花円は開き直ったようで、言い訳にもならないことを言う。さらに何か言おうとしたので、一瞬早くさえぎった。

「言っとくが、このことで田沼様を頼ることはできないよ。おまえさんも知っての通り、あのお方は算盤が達者だからね」

踊りの師匠と大野屋時兵衛を秤にかけて、花円の味方をすることはない——とどめの言葉を口にすれば、花円の奥歯を嚙みしめる音がいまにも聞こえてきそうだった。

「九月に飛鳥山で芝居をすることになっていると聞くが、それは諦めてもらおう。少女カゲキ団はただいまを以て解散だ」

兼によれば、少女カゲキ団の役者はひとりを除いてみな大店の娘であるらしい。万が一にも正体がばれたら、取り返しのつかないことになる。

さて、これで面倒な話は終わった。

時兵衛が仲居を呼んで料理を運ばせようとしたら、「お待ちください」と花円に止められた。

「あと一度……才花、いえお才さんに九月の芝居はやらせてやっておくんなさい。それさえ終われば、大野屋さんのおっしゃる通り少女カゲキ団は解散します。ですから、あと一度だけ」

　いつもひょうひょうとしている花円が縋るような目つきで両手を合わせる。時兵衛は眉間にしわを寄せた。

「おまえさんも物わかりが悪くなったね。少女カゲキ団には、やたらと熱心な贔屓がいるんだろう」

　九月になれば、そういう娘たちが飛鳥山に日参する。その前で芝居をしたら、才の正体がばれる恐れもある。そうなってからでは遅いと言えば、花円が勢いよく顔を上げた。

「そういう娘たちがいるからこそ、最後のけじめをつけるべきです。少女カゲキ団がこのまま黙って姿を消せば、かえって騒ぎになりますよ」

　花円によれば、少女カゲキ団の錦絵を売り出したのは遠野官兵衛役の娘を守るためだったという。

「他の子たちと違い、貧しいお芹は掛け茶屋で働いているんです。飛鳥山で顔をさらしたのは一瞬でも、娘にしては高い背丈が目立ちます。『西両国のまめやに遠野官兵衛をやった娘がいる』と噂になり、娘たちが押しかけたんです」

　もちろん、本人は「違う」と言い張ったが、娘たちは納得しない。そこで、蔦屋重三郎の手を借りて錦絵を売り出したという。

「なるほど、男にしか見えない錦絵と比べれば、『あたしじゃない』という言葉にも真実味が増すってわけか」

才の錦絵を一緒に出したのは、重三郎のごり押しだろう。うなずく時兵衛に花円は続けた。

「少女カゲキ団の贔屓だけじゃありません。才花、いえお才さんだって納得しません。この先一生親を恨み、反抗するんじゃありませんか」

「まさか」

「いいえ、男の姿で芝居をしたいと最初に言い出したのは、お才さんです。父親のせいで最後の芝居が潰れたと知れば、自棄を起こして大事な婚礼を台無しにするかもしれませんよ」

いくら何でもそれはない――時兵衛は言い返そうとして、寸前で呑み込んだ。

はっきりそう言いきれるほど、自分は娘のことを知っているのか。現に娘は親に隠れて男姿で芝居をしている。

「お才さんの嫁入り先は大野屋さんでも気を遣う相手、つまり身分の高いお武家様でしょう。そんなところに嫁いだら、お才さんは自分を殺して生きなければなりません。

せめて嫁入りする前に、やりたいことをやらせてやってくださいな」

「………」

「何より、あたしは大野屋さんにその目で見てほしいんですよ。おまえさんの娘が己の力だけでどんなことができるかを」

必死の形相で言い募られて、時兵衛は顎に手を当てた。

暮れのおさらい会では、明らかに娘の踊りが変わっていた。いままでの手本通りの踊りから、自分なりの踊りへと。我が娘ながら「これで色気があれば申し分ない」と思ったものだ。

秋本家は世情に疎（うと）いから、少女カゲキ団のことなど聞いたこともないはずだ。花円に言い負かされたようでいささか癪（しゃく）に障るけれど、ここは一旦（いったん）見逃すか。

そうすれば、嫁入り前の娘と揉めなくてすむ。娘たちに人気だという才の若衆姿をこの目で見るのも一興だ。

時兵衛は一瞬ためらったふりをしてから、「次が本当に最後だよ」と念を押した。

# 三

七月十八日の朝、高砂町へ向かう才は上機嫌だった。

秋本利信に嫁ぐ決心をして新光寺に文を送ったところ、利信からすぐに返事が来た。三味線の稽古から帰る途中、顔見知りの花売りに声をかけられたのである。

――さっき、見知らぬ小坊主さんから頼まれました。必ず大野屋のお嬢さんに手渡してくれって。

蔵前小町に付文を寄越す不届き者は山程いる。才は常日頃、こういう文の類を決して受け取ろうとしなかった。

しかし、「見知らぬ小坊主」と言われれば、話は違う。きっと、新光寺の住職に命じられて文を運んできたのだろう。ここまで来て花売りに託したのは、自分が手渡したのでは人目につくと思ったからか。

才は礼の代わりに花を買い、受け取った結び文をその場で開く。

そこには思ったよりも力んだ文字で「こちらこそよろしく頼む　利」と記されてい

た。てっきり返事などもらえないと思っていた分、才の胸は言葉にならない温かなもので満たされた。

才の父はいつだって大野屋のことを一番に考える。自分の嫁ぐ相手は、きっと父によく似た計算高い商人だと思っていた。

だから、三千石の跡取りに嫁げと言われて困惑したが、いまとなっては幸いだ。女の幸せに欠かせないのは、嫁ぎ先の身代や家柄よりも、夫のやさしさなのである。

新光寺の小坊主さんには悪いことをしたわね。子供の足で麻布から蔵前までは遠かったでしょう。

次に新光寺へ行くことがあれば、小坊主に駄賃をやるとしよう。いや、子供と言っても、相手は仏弟子の端くれである。駄賃はかえって失礼だろうか。才は緩む口元を気にしつつ、利信からの文を紙入れにしまったのだった。

ところが、稽古所で芹に会ったとたん、上機嫌に水を差された。

「お芹さんの正体を知る人がまた現れたですって？　しかも、次の芝居の日時を教えてほしいってどういうことよ」

またかという思いのせいで、問い質す声が大きくなる。仁が横から「おオちゃん、そうカッカしないで」と声をかけてきたけれど、こっちはそれどころではない。

こんなことが何度も起きるようでは、遠野官兵衛と水上竜太郎の錦絵を売り出した甲斐がない。どうして、芹はいつものように「あたしは遠野官兵衛ではない」と言い張らなかったのか。

目を吊り上げて迫った才に、芹はためらいがちに言い訳した。

「お才さんの心配もわかるけど、今度の二人は信用できる人だから。正体をばらされる恐れはないよ」

芹の正体を見抜いた二人は、寺島村に住む百姓娘の俊と、横山町の小間物屋、鈴村の娘の雪だという。芹が遠野官兵衛だという噂が立つ前から、すでに真実を見抜いていたそうだ。

「でも、あたしが正体を隠していたから、ずっと黙っていてくれたの」

「だったら、どうしていまになって『芝居の日時を教えろ』なんて言ってくるのよ。本当にお芹さんの贔屓なら、黙って飛鳥山に日参すればいいでしょう」

横山町にある鈴村の娘はともかく、寺島村は飛鳥山から遠くない。他の娘たちに比べれば、よほど日参しやすいはずだ。

「お俊さんはじいさんにあたしたちの芝居を見せたいんだって。いつ芝居をやるかわからなかったら、足を痛めた年寄りを連れていけないでしょう」

　芹によると、俊は両親が立て続けに亡くなった後、寺島村で百姓をしている祖父に引き取られたそうだ。歳は自分たちと同じ十六で、近隣の百姓との縁談が持ち上がっているらしい。

「だけど、お俊さんは百姓の嫁になりたくないっていうの。死んだ両親が居酒屋をやっていたから、自分も同じような店をやりたいって」

「つまり、おじいさんにあたしたちの芝居を見せて、いまの娘は昔と違う。自分のやりたいことをやる時代だって思わせようって魂胆なのね。気持ちはわかるけど、その企てがうまくいくとは思えないわ」

　仁が横から口を挟み、才もうなずく。頭の堅い年寄りに少女カゲキ団の芝居を見せたところで、口汚く罵（ののし）られるだけだ。

「百姓の嫁になりたくないなら、黙って家を出ればいいじゃないの。十六だったら、住み込みで働くこともできるでしょう。お俊さんとやらにそう言ってごらんなさいよ」

「実はお俊さんの母親も家出をして、歳の離れた父親と一緒になったんだって。だから、両親の死んだ後で引き取ってくれたじいさんに恩を感じて、母親と同じことをできればしたくないんだよ」

「だったら、おとなしく言うことを聞けばいいじゃないの」

「理屈はそうでも、それは嫌なの。お才さんだって身に覚えがあるはずよ」

言い返す芹の語気が強くなり、才はしばし考え込む。事実「身に覚えがある」だけに、あまり無下にもしたくない。

かといって、うまくいきそうもない企てに手を貸すのもためらわれる。むっつり口をつぐんでいたら、芹がまたもや訴えた。

「お俊さんだって一度はじいさんの言うことに従おうとしたみたい。でも、あたしたちの芝居を見て、考え直したんだって。じいさんは『女は引っ込んでいろ』と言うけれど、人前で堂々と芝居をして拍手喝采を浴びる娘もいる。それをじいさんに見せてやりたいと言われたら、その場で断れないでしょう」

少女カゲキ団をほめられたと知り、仁は「なるほどね」と納得する。すると、めずらしく静が口を開いた。

「年寄りは執念深いものよ。少女カゲキ団のせいでお俊さんが婿取りを嫌がるようになったと思われたら、恨みの矛先がこっちに向くはず。ことによると、あたしたちの芝居を邪魔するかもしれないわ」

それは十分あり得ると才は思った。血のつながった孫を恨むより、初対面の赤の他人を恨むほうが簡単だ。

　一方、芹はそういうことをまったく考えていなかったらしい。ひどく驚いた顔で「まさか」と呟く。

「少女カゲキ団の芝居はいつも突然に行われるから、先回りができない。だけど、芝居の日時がわかっていたら、潰すのなんて簡単よ。ガラの悪い男の二、三人も控えさせておけばいいんだもの」

「で、でも、お俊さんは紅葉狩りだと言っておじいさんを連れ出すって」

「そのおじいさんは飛鳥山まで歩いていけるの？　あらかじめ駕籠を頼んでいたら、そこから少女カゲキ団の芝居があると勘づく人が出るかもしれないわ」

　年下の静に理路整然と追い詰められて、芹は下唇を嚙む。勝負があったと判断したのか、紅がパチンと手を打った。

「あたしもお静ちゃんの考えに賛成だわ。お俊さんとやらには悪いけど、芝居の日時は教えないってことにしましょう。お芹さんもそれでいいわよね」

　素早く話をまとめた紅に、芹は「よくないわ」と嚙みついた。

「あたしはお俊さんの話を聞いて、困った反面うれしかった。本気でいいと思わなければ、わざわざ駕籠を仕立ててまで身内に見せようとしないもの。お紅さんたちは当たり前に駕籠を使っているだろうけど、あたしたち貧乏人はめったなことじゃ使わない。お俊さんはそこまでしてじいさんに見せたいと思ったんだよ」

あくまで俊の味方をする芹に、才は目が開く思いがした。俊は軽い気持ちで今度のことを企てたわけではなかったのか。

それでも万が一を考えれば、正直気が進まない。

二の足を踏む才に代わって、静がじろりと芹を睨む。

「しつこいようだけど、少女カゲキ団の正体を世間に知られるわけにいかないの。赤の他人に同情して、我が身を危うくすることはできないわ」

「それじゃ、お静さんは何のために芝居をするの？　人前でやるのは、観てもらいたいからでしょう。誰もが感動する芝居をすれば、その演者を貶めようとする見物客なんて出るもんかっ」

役者の身分は低くとも、いい芝居をすればすべての観客から尊敬される。芹の理屈に驚いたのか、静は二の句が継げなくなった。

すると、それまで黙っていた師匠が見かねたように口を挟んだ。

「あんたたちは遠野官兵衛と高山信介だろう。言い争うのはみっともないよ」

「お師匠さん、でも」

芹が言い返そうとすると、花円が小さく手を振った。

「事情はわかったから、その二人をここに連れておいで。お芹の言うように信用できるか、あたしが見定めてやろうじゃないか」

「お師匠さん、本気ですか」

思いがけない申し出に才は顔を引きつらせた。

東流踊りの家元、東花円はその道では有名だ。芹が俊たちをこの稽古所に連れてくれば、少女カゲキ団の正体だっておのずと明らかになってしまう。

とまどいもあらわな弟子たちに、花円は小さく肩をすくめた。

「向こうだって切羽詰まっているんだろう。すげなく断って、恨みを買っても困るじゃないか。信用できる娘たちなら、あたしたちの仲間にしちまったほうが安心だ。静花のときと同じことさ」

「お静ちゃんはあたしたちと同じ東流の名取で、昔から知っています。今度の二人のような見ず知らずじゃありません」

才は比べ物にならないと言い返す。静もいつになく険しい表情を浮かべていた。

「あたしもお才ちゃんと同意見です」

「お師匠さん、ひどいじゃありませんか」

「かわいそうに、お静ちゃんはへそを曲げましたよ」

固い声を出す静に紅と仁が続く。もっとも、仁は面白がっているようで、細い目がさらに細くなっていた。

「あたしのどこがひどいのさ。誰にとってもいいように丸くおさめようとしているだけじゃないか」

「だって、お静ちゃんは長いこと稽古をしているのに」

「そう言う花仁は、静花を仲間に加えることに最後まで反対していたくせに。よくそんな口が叩けるもんだ」

仁の文句をみなまで言わせず、師匠がぴしゃりと言い返す。藪蛇となった仁が横目で静をうかがっている間に、師匠はとっとと話を進める。

「少女カゲキ団の芝居を見せれば、頑固じじいもきっと考えを改める。そのために孫はへそくりをはたいて、飛鳥山へ連れ出そうっていうんだよ。そこまで思ってもらえたら、花仁だって狂言作者冥利に尽きるじゃないか」

「そ、それは、そうですけど……」

「花紅だって両親を見返してやりたいんだろう。だったら、年寄りのひとりや二人、少女カゲキ団の虜にできなくてどうするのさ」

「お師匠さん、それとこれとは」

「違わないよ。芝居は見物客の胸を打ってこそ。『再会の場』は男姿で芝居をするのが大切で、中身は二の次だったけど、物めずらしさが客に受けた。ただし、次の『仇討の場』は違う。観た人の胸に突き刺さる、これまでの自分を顧みるような芝居にしなくてどうするのさ」

「………」

仁の口達者と紅の強気――同じ年頃の娘には通用しても、子供の頃から世話になっている師匠にはてんで通じない。

気まずそうに目と目を見交わす二人に、花円は「第一」と咳払いする。

「あんたたちだって東流に入門したばかりの、どこの馬の骨ともわからないお芹を強引に誘ったじゃないか。そのお芹が信じられると思った娘たちだよ。頭から駄目だと決めてかかるのは、失礼なんじゃないのかい」

言われてみればその通りだが、あのときは一度限りの花見の茶番のつもりだった。

いまほど話が大きくなるとは思わなかったからできたことだ。

しかし、いまさらそんなことを言っても始まらない。才は黙ってしまった仁たちに代わって声を上げた。

「お師匠さんのお気持ちはわかりました。でも、二人に会ったあとで信用できないと思ったら、どうなさるおつもりですか。二人をこの稽古場に招いたら、後でごまかすこともできません」

「おまえの言い分もわかるけど、少女カゲキ団のことを外で話しちゃまずいだろう。あたしが前に出ることで、少女カゲキ団は東流の弟子がやっていると向こうにわかったっていいじゃないか。これでも弟子は何十人と抱えている。あんたたちの正体までわかりゃしないよ」

東流と少女カゲキ団がつながっていると知られたところで、すぐに弟子の誰が役者なのかわかってしまうわけではない。才はやむなく引き下がり、次の稽古日に芹が俊と雪を連れてくることになった。

そこでこの話は終わり、稽古をすることになったのだが、

「えっ、踊りが変わるんですか」

前の稽古で習ったばかりの仇討の踊りが変わると言われ、才は驚いて問い返す。師匠はまるで悪びれず「そうだよ」とうなずいた。

「仁に言わせると、『忍恋仇心中』は遠野官兵衛と水上竜太郎の悲恋だからね。あんたたちにも馴染みのある『京鹿子娘道成寺』の『道行』の曲で踊ることにしたんだよ。

当然振り付けや文句も変わるから、前に教えたことは忘れとくれ」

「はあ、わかりました」

「ついでに言うと、竜太郎が自害をする前の踊りは『鐘づくし』の曲を使うことにした。こっちはまだ振り付けができていないけど」

　そして、師匠は三味線を構えて仁を見た。

「さて、それじゃ新しい義太夫を聞いてもらおう。花仁、用意はいいかい」

　仁は緊張した面持ちでうなずくと、師匠の奏でる三味線に合わせてぎこちなく語り始めた。

　時は至れり　長月の紅葉舞い散る飛鳥山
　思い乱るる胸の内　知られまいぞエ　今生（こんじょう）は
　親の仇と憎まれながら消すに消されぬこの思い
　次に生まれてくるときは共に蓮（はちす）の露（つゆ）となり
　風に吹かれて消え失（う）せようぞ
　さりとては〳〵
　ともに遊びし昔は夢か

時を戻せるものならば　幼き頃に立ち戻り
君が笑顔をいま一度
笑わば笑え　忍恋

官兵衛の思いをうまく言葉にしているけれど、義太夫そのものは下手くそだ。出だしの「時は至れり」など、思わず耳を塞ぎたくなる。

前の曲は長唄風だったから、語りもそれなりだったのに。お仁ちゃんに義太夫は荷が重いんじゃないかしら。

歌舞伎には人形浄瑠璃から転じたものが少なくない。浄瑠璃では人形に芝居をさせるため、義太夫によって登場人物の気持ちや台詞が語られる。それが芝居になると、役者が自らの口で語るのだ。

しかし、踊りに台詞はない。義太夫があまりにも下手だと、客の踊りを観る目も変わってくるだろう。

芸者は長唄や小唄を歌っても、義太夫はやらないもの。だからこそ、お師匠さんは少女カゲキ団にふさわしいと考えたのかもしれないけれど。

女がやらないものだから、うまくいけばより盛り上がる。

いま流行の狂歌も、世間に広く知られた和歌を踏まえたものが数多い。「京鹿子娘道成寺」を下敷きにすることで、踊る遠野官兵衛と斬りかかる水上竜太郎の仲を見物客は深読みしてくれるだろう。

そして、官兵衛が仇になるしかなかった詳しい事情は、静が扮する高山によって明らかにされるのだ。

才はぞくぞくしながら聞き終えると、仁に向かって拍手した。

「お仁ちゃん、こっちのほうがずっといいわ」

「うれしい。お才ちゃんもそう思う？」

「ええ、ぐっと忍恋って感じになってきたもの。ただし、義太夫の稽古はこれから熱心にやらないとね」

「そうね、あたしもそう思う」

付け加えられた一言に紅もうなずき、仁は一瞬口ごもる。

「でも、大きな声を出して稽古をすれば、誰に聞かれるかわからないでしょう」

義太夫の中に「忍恋仇心中」をはっきり示す言葉はない。

だが、それを聞いた誰かが飛鳥山で少女カゲキ団の芝居を見たら、仁の正体がばれかねない。困り顔の弟子に師匠が言った。

「そこは、あたしがうまい手を考えよう。さて、稽古を始めようか」

今度の踊りの振り付けは、遠野官兵衛の胸の内を語った義太夫の当て振りであらしい。勢い、芹が踊りの中心となる。

「竜太郎と為八は刀と脇差（わきざし）を抜いて構えたまま、踊る官兵衛をじっと見つめる。そして『親の仇と憎まれながら』のところで竜太郎、為八の順で斬りかかる。まず、あたしが官兵衛として踊るから、お芹は脇で見ておいで」

芹はおとなしく稽古場の隅に行き、仁や静とは離れたところに正座した。

あんなところに座ったら、お師匠さんの動きがよく見えないでしょうに。お芹さんてば、何を考えているのかしら。

それとも、何か狙いがあって正面に座ることを避けたのか。才は少し気になったが、師匠と向かい合う恰好で紅と並んだ。

「最初の『時は至れり長月の』で、竜太郎たちから離れるために、すり足で後ろに下がる。そして『紅葉舞い散る飛鳥山』では、ぐるりと回る。そのとき、顔の横まで上げた両手の指先を小刻みに動かしながら下におろして、舞い散る紅葉を表すんだよ。『思い乱るる胸の内、知られまいぞエ今生は』は、左手を胸に当てて首を二度左右に振る。次の『親の仇と憎まれながら』で、竜太郎と為八が斬りかかる。ほら、斬りかかっといで」

言われるままに白扇を手に斬りかかれば、師匠は右、左と軽く避（よ）ける。新しい仇討の踊りでは、自分と紅は添え物のようだ。

お師匠さんは官兵衛の出番が少ないと見物客ががっかりするって言っていたもの。ここで最後の見せ場を作ったのね。

そして振り付けの説明が終わり、芹を中心に踊ってみることになったのだが、

「お芹、そうじゃない。何度同じことを言わせるのさ」

「すみませんっ」

「斬りかかってくる相手をそんなに大きく避けたんじゃ、みっともないだろう。大体なんだい、そのへっぴり腰は。曲の途中で竜太郎と為八に討ち取られるよ」

「はいっ」

師匠の小言は芹ひとりに集中した。

才に言わせると、遠野官兵衛の振り付けはさほど難しいものではない。

だが、芹が弟子入りしたのは、去年の暮れのことである。それまでは師匠の稽古を生垣（いけがき）の隙間（すきま）からのぞき見て、自己流で踊っていたと聞く。

春からこっちは芝居の稽古が中心で、踊りの稽古は後回しだったはずだもの。うま

く踊れなくとも仕方がないかもしれないわ。

才は同じところで何度もしくじる芹を見ながら、心の中で嘆息した。

芹は演じることに長けていても、踊りの所作はいい加減だ。

そのため、手を振り、足を上げるごとに、師匠からどこが悪いか細かく注意されてしまう。自分や紅の踊りが添え物のようになったのも、官兵衛を見劣りさせないためかもしれない。

あたしとお紅ちゃんは東流の名取だもの。一緒に踊れば、お芹さんの拙さが嫌でも目立ってしまうものね。

「ほら、また身体が左に傾いている」

「はい、気を付けます」

「膝を曲げて腰を落としても、尻の穴からまっすぐ棒を伸ばしたところに頭が載っていないとおかしいんだよ」

「はいっ」

美しい踊りは、正しい姿勢を保つことから始まる。

芹は頭で考えて正しい姿勢を保つことはできるけれど、次の動きに移る瞬間、その姿勢が崩れてしまう。踊りの稽古の間が空いたので、前に師匠から言われたことを忘れてしまったのだろう。

「何だい、その眉間のしわは。必死なのは、仇を討とうとしている竜太郎と為八のほうだろう。官兵衛は涼しい顔で踊らないと、芝居の筋が狂っちまうよ」

もっともだが厳しい言葉が続き、さすがの芹もうなだれる。

やっぱり、芝居とは勝手が違うようね。いくらお芹さんに役者の血が流れていても、こっちが十年かけたことを半年でやられたらたまらないわ。

再び真剣な表情で踊り出した芹を見ながら、才は内心ほっとしていた。

三月の「再会の場」は芹に食われてしまったが、次の「仇討の場」はそれでは困る。官兵衛が討たれた後、竜太郎が見物客の目をくぎ付けにしなければならないのだ。

しかし、芹がこの調子なら、自分が見劣りすることはないだろう。そんな意地の悪い目を向けていたら、いきなり「才花」と師匠に呼ばれた。

「試しに一度、あんたが官兵衛を踊ってごらん。大体の振り付けはもう頭に入っただろう」

踊れることは踊れるが、師匠も酷なことを言う。

ここで芹の鼻っ柱を完全にへし折るつもりなのか。才は一瞬ためらったのち、相手の意図に気が付いた。

暮れのおさらい会で、あたしが「京鹿子娘道成寺」の白拍子を踊ったときとあべこべね。あのときはお師匠さんに呼び出されて、弟子入りして間もないお芹さんの「道行」を見せられたもの。

ひとつひとつの所作は拙くとも、白拍子になりきっている芹の踊りは見ている才たちを圧倒した。そして、才は自分の踊りに欠けているものを気付かされた。

どんなに踊りの形が美しくとも、そこに心がこもっていなければ、見物客の心を動かすことはできないのだと。

恐らく、師匠は「正しい官兵衛の動き」をやって見せろと言っているのだ。才は

「わかりました」とうなずいて、芹に代わって踊り出した。

今日初めて習った踊りだが、振り付けに目新しいものはない。才の動きに迷いはなく、師匠の注意が飛ぶこともない。そのまま最後まで通し終えると、師匠は三味線を置いて苦笑した。

「最後に斬られるところの振りが違っていたけど、わざとかい」

踊りの最後、官兵衛は竜太郎に斬られて地に倒れる。師匠の振り付けでは、正面から斬られた官兵衛が後ずさり、胸を押さえて倒れることになっていた。

しかし、才はその場に膝をつき、右手を竜太郎に伸ばして倒れた。

「勝手なことをしてすみません。でも、いまわの際の官兵衛なら、竜太郎に手を伸ばすんじゃないかと思って」

ひたすら竜太郎の幸せだけを願い、肝心なことは何も言わずに竜太郎に斬られて死ぬことを望んだ。そんな官兵衛は息絶える前、一瞬なりとも竜太郎に触れたいと思ったのではなかろうか。

すると、仁が鼻息荒く「お才ちゃん、その通りだわ」と言い出した。

「お師匠さん、官兵衛の最後はぜひお才ちゃんの振り付けでお願いします。思わず伸ばした手は竜太郎に届かないまま息絶えるんです」

「なるほど、そのほうがいいかもしれないね」

師匠も納得して、意味ありげな目で才を見た。

「それにしても、才花にしちゃ色っぽい振り付けじゃないか。あんたも思う相手ができたのかい」

一瞬、脳裏に利信の顔が浮かんだが、才は慌てて言い返す。

「そ、そんなんじゃありません。お師匠さん、からかわないでくださいな」

「まあ、そういうことにしておこうか。お芹、いまの才花の踊りを見て、自分に足りないものがわかったかい」

「……はい」

顔色の悪い芹がか細い声で返事をする。それからほどなく八ツ（午後二時）の鐘が鳴り始め、静が一足先に稽古を終えた。

「お師匠さん、もう一度最初からお願いします」

才の踊りを見たせいか、芹が真剣な表情で申し出る。手本の動きを忘れないうちにさらってみたいに違いない。

しかし、師匠は意外にも首を左右に振った。

「すまないが、今日の稽古はここまでだ」

「えっ、どうしてですか」

近頃、やる気のある紅も不満そうな顔をする。すると、師匠がこっちを見た。

「あたしもあんたたちの稽古の他にやることがあるんでね。ああ、才花はちょっと残っておくれ」

ひとりだけ居残りを命じられ、才は内心青ざめた。

仁は喜んでくれたけれど、勝手に振り付けを変えたのがまずかったか。

そばにいた紅からも怪訝な顔で「お才ちゃん、何をしたの」と耳打ちされたが、返事に困って首をかしげる。そして、他の三人が稽古所を去ってから、才は茶の間で師匠と向き合った。

あたしの考えた振り付けが気に入らないなら、「そのほうがいいかもしれない」なんて言わないはずよ。それとも、あたしは知らぬ間に何かやってしまったかしら。実のところ、口に出せない心当たりはいくつかある。才が冷や汗をかきながら、身を固くしていると、

「おめでとう」

「えっ」

突然の祝いの言葉に、才はぽかんと口を開ける。何のことだと思っていたら、師匠は朗らかに微笑んだ。

「縁談が決まったそうじゃないか。大野屋の旦那にうかがったよ」

「あ、はい。ありがとうございます」

ひとまず礼を述べたものの、頭の中は疑問だらけだ。

秋本家との縁談のことは、大野屋の奉公人ですら知らない者が多い。才は嫌な予感がして、恐る恐る花円を見返した。

「あの……おとっつぁんは相手が誰だか言っていましたか」

「いや、そこまでは聞いていないよ」

「そうですか」

だとしても、まだ安心はできない。父が自分の頭越しに縁談のことを告げたのは、踊りの稽古はやめさせるために違いない。不安もあらわに見つめていると、「何だい、変な顔をして」と師匠に聞かれた。

「おとっつぁんに会ったとき、他に何か言っていませんでしたか。もう踊りの稽古はやめさせるとか……」

「ああ、それは大丈夫さ。大野屋の旦那は去年のおさらい会で見たあんたの踊りを気に入っていらっしゃったから」

あたしも鼻が高いと言われて、才は安堵の息を吐く。花円は笑顔で話を続けた。

「ところで、あんたの縁談を他の子たちは知っているのかい」

「は、はい、お静ちゃんにはまだ言っていませんが」

正直に伝えると、花円が「おや」と目を見開く。

「それなら、あんたひとりを残すまでもなかったかね。あたしとしたことが変に気を回しすぎたよ」

年頃の娘にとって、縁談は一番の関心事である。

金持ちや身分の高い男に嫁ぐ娘はうらやましがられ、そうでなければ憐れまれる。

花円は才の縁談が他の弟子の耳に入らないよう気を遣ってくれたらしい。

「何たって、あんたは札差大野屋の娘で『蔵前小町』だからね。ところで、相手はどんな人なのさ」

「それは、お師匠さんにも言えません」

「おや、もったいぶるじゃないか。さては一回り年上の人相の悪い男だね」

「一回り上だなんてとんでもない。まだ二十歳だし、見た目だって役者裸足の立派な方です」

憤然と言い返してから、目を細める師匠を見て才は両手で口を押さえる。人の悪い相手に乗せられて、余計なことを言ってしまった。

一方、師匠はしてやったりと口角を上げる。

「どうやら、才花も相手を気に入っているようだ」

「いえ、あの、あたしは別に……」

適当な言い訳が見つからず、才は口をパクパクさせる。きっと、自分の頬は真っ赤になっているだろう。

「その顔を見て安心したよ。次の芝居が終わったら、少女カゲキ団は解散だね」

「……やっぱり、そうなりますか」

もともと一度限りのつもりだった。

だが、予想を超えて評判となり、このまま消えてはもったいないと「少女カゲキ団」が生まれたのだ。

お芹さんが言うように、嫁入り前の思い出づくりになっちゃったわ。でも、他の人たちはどうするのかしら。

紅と自分は抜けるけれど、仁はまだ縁談などないようだ。「仇討の場」でさらに少女カゲキ団の名が上がれば、もっと続けたがるに違いない。

入ったばかりの静だって男の芝居がとてもうまい。芹と二枚看板で続けられないかと思ったが、師匠は「冗談じゃない」と手を振った。

「これ以上、嘘の片棒を担がされるのはごめんだよ。あんたのおとっつぁんに会ったときだって、生きた心地がしなかったんだから」

「迷惑をかけてすみません……」

父の時兵衛はいかつい強面(こわもて)ではないが、刀を突きつけられても動じないほど肚(はら)が据わっている。少女カゲキ団のことを知られたら、才だってどんなお仕置きが待っているかわからなかった。

斬れるものなら斬ってみろ——喧嘩ではよく聞く台詞だけれど、おとっつぁんは口先じゃなく、本気で言える人だもの。いくら田沼様が後ろ盾でも、お師匠さんだって怖かったわよね。

小さくなって頭を下げれば、「まあ、いいさ」と手を振られた。

「弟子に頼まれたからとはいえ、あたしが手を貸すと決めたんだもの。それにいざ始めてみれば、夢中になっちまったしね」

「それは、あたしたちも一緒です」

「長く続けられないのはわかっていたし、あんたと花紅が抜けちまったら、花仁だって投げ出すさ。あの子だって来年は十七だもの」

いまが引き際だと呟かれ、才はうなずく。

自分は最初からそのつもりだったし、心残りはないけれど、

「お芹さんはもったいないです」

そう言わずにいられなかった。

少女カゲキ団がなくなれば、芹は芝居ができなくなる。男にさえ生まれていれば、いい役者になれただろうに。

あたしは利信様と会って、男に生まれたかったと思わなくなった。でも、お芹さんはいまだって男になりたいと思っているはずよ。

花円のような踊りの師匠なら、女でもなれる。

だが、芹の魅力が際立つのは、役者として芝居をしたときだ。これから稽古を積めば踊りも上達するだろうが、芝居のようにはいかないだろう。

才が口惜しさのあまりうつむくと、師匠に肩を叩かれた。

「しょうがないさ。人は生まれや性別を変えられない。それに、あの子の踊りはまだ始まったばかりだからね」

「だから、あたしとお紅ちゃんの踊りを減らしたんですか」

自分の考えを口にすれば、どうやら図星だったらしい。師匠の目が一瞬、泳ぐのが見えた。

「とにもかくにもここまで来たんだ。悔いを残さないように、せいぜい華々しく終わらせようじゃないか」

「はい」

少女カゲキ団の終わりがはっきりして、才は肩の荷が下りた気分になった。

## 四

今日の稽古が始まってすぐ、芹は己の思い上がりを突きつけられた。

踊りの稽古が始まる前は、こんなことになるなんて思ってもみなかった。俊と雪にいい知らせができると、より張り切っていたくらいである。

お俊さんのじいさんの考えを変えさせるには、仇討の踊りの出来が肝心だ。ここがうまくいかなかったら、見物客は立ち去ってしまうかもしれないもの。

思う存分客の目を引き付けて、華々しく討たれよう――そう呑気に思っていられたのは、自ら踊り始める前までだった。

その後は師匠に叱られながら、「はい」と「すみません」しか言えなくなった。

「そうじゃない。下がるときはすり足だと言ったじゃないか」

「はいっ」

「足の裏が板から離れたら、すり足じゃないだろう」

「は、はい」

「ほら、またへっぴり腰になっている。遠野官兵衛が腰曲がりじゃ、飛鳥山に来た娘たちががっかりするよ」

「す、すみません」

振り付けに従って一歩動き、さらに一手舞うごとに、師匠の容赦ない叱責が飛ぶ。おかげでなかなか先に進まず、才と紅は刀に見立てた白扇を構えたまま、その場から一歩も動けない。勢い、こっちを見る二人の目がだんだん険しくなってきた。

それが気まずくて焦れば焦るほど、師匠の求める動きから遠ざかってしまう。芹はそんな我が身が情けなかった。

少女カゲキ団の看板役者――仁や才からそう言われ、自分でもそのつもりでいた。長身を生かした男の芝居で、一座の人気を支えていると思っていたのに。

あたしから「仇討を踊りにしよう」と言い出しておいて、ろくに踊れないなんて……名取のみなに呆れられても仕方がないわ。

だから、師匠にいくら叱られようと、音を上げるわけにはいかなかった。仁の考えた義太夫はもとより、花円の振り付けも「忍恋仇心中」にはぴったりなのだ。

あたしがうまく踊れれば、すべてうまくいく。始まったばかりで、へこたれてなんていられないわ。

そう心の中で意気込むものの、思っただけでうまくできれば誰も苦労はしないだろう。このところ踊りの稽古から遠ざかっていたせいで、師匠に直された昔の癖までぶり返してしまったようだ。

足の裏は板にぴたりと付けて、膝は曲げても腰は曲げない。頭は尻の穴の真上にあって、指先まで気を遣う――いちいち頭の中で念じつつ、手と足を動かせば、

「何だい、その眉間のしわは。必死なのは、仇を討とうとしている竜太郎と為八のほうだろう。官兵衛は涼しい顔で踊らないと、芝居の筋が狂っちまうよ」

うまくやろうとむきになりすぎ、しかめっ面になってしまう。うんざりしたような師匠の声に、芹は眉間に手を当てうつむいた。

遠野官兵衛は竜太郎より腕が立つから、仇討の場でしかめっ面はしないだろう。だが、踊りの腕は才のほうがはるかに上だ。いくら「涼しい顔で踊れ」と言われても、容易くできることではない。

とうとう師匠に命じられ、才が官兵衛として踊る姿を隅で眺めることになった。

時は至れり　長月の紅葉舞い散る飛鳥山
思い乱るる胸の内　知られまいぞエ　今生は

親の仇と憎まれながら消すに消されぬこの思い
次に生まれてくるときは共に蓮の露となり
風に吹かれて消え失せようぞ
さりとては〱
ともに遊びし昔は夢か
時を戻せるものならば　幼き頃に立ち戻り
君が笑顔をいま一度
笑わば笑え　忍恋

少々聞き苦しい仁の義太夫に合わせ、振袖袴姿の官兵衛が踊る。余裕に満ちたその姿を芹は瞬きも忘れて目で追った。

足の裏が板に付くって、ああいうことなんだ。

お紅さんが斬りかかってきたときも、あれくらい余裕がないといけないのね。

あれ、「風に吹かれて」のところは、ずいぶん大きく動くんだ。

ひと足ごとに叱られるみっともない自分と違い、才は長い袂をひるがえしてのびのびと踊っている。その自信に満ちた表情は、たったいま習ったばかりの振り付けを踊っているようには見えなかった。

しかも、最後のところは自分の考えた振りで踊り、仁を感激させていた。

やっぱり、お才さんはすごい。でも、あたしだって子供の頃から、お師匠さんの稽古を受けていたら……。

こみ上げる悔しさを押し殺し、芹は奥歯を食いしばる。

昔はこの稽古所を垣根の隙間からのぞき見て、ひとりで稽古をしていたのだ。まだ習い始めて半年余りとはいえ、ここで稽古ができるだけでも幸運だ。

遠野官兵衛は己の気持ちを隠し、思う相手に斬られて死んでいく。「京鹿子娘道成寺」の白拍子のように、秘めた思いを踊りにぶつければいいというものではない。気持ちだけ役になりきっても、役にふさわしい踊りができなきゃ駄目なんだ。あたしは芝居をするときに、台詞や表情に頼りすぎていたんだわ。

しかし、踊りはそうもいかない。

ひとり己の未熟を嚙みしめたとき、師匠が振り返った。

「お芹、いまの才花の踊りを見て、自分に足りないものがわかったかい」

「……はい」

足りないものはわかったけれど、これからどうすればいいのやら。本番までに、才のように身体が動くようになるだろうか。

それからほどなくして静が先に稽古を終えると、芹はすかさず申し出た。

「お師匠さん、もう一度最初からお願いします」

才の踊りを忘れないうちに、自分の身体で確かめたい。師匠もきっとそのつもりだろうと思ったのに、首を横に振られてしまった。

「あたしもあんたたちの稽古の他にやることがあるんでね。ああ、才花はちょっと残っておくれ」

なぜ、自分ではなく、才が居残りになるのだろう。才も同じ気持ちだったようで、大きな目を瞬く。

「今日は小言が多くて、いつもより疲れたんだよ。ほら、才花を残して他の子はさっさと帰っとくれ」

こんなふうに言われてしまえば、「あたしも残って稽古をしたい」と言い出すことができなくなる。芹は着替えをすませると、後ろ髪を引かれる思いで稽古所を出る。

そしていくらも進まないうちに、前を行く紅が立ち止まった。

「お師匠さんたら、お才ちゃんと何の話をしているのかしら。ねえ、お仁ちゃんは見当がつく？」

「あたしはさっぱり。お芹さんは」

そう問われても、こっちだってわからない。黙って首を横に振ると、紅が怒ったような顔になった。

「居残り稽古をさせられるなら、どう考えてもお芹さんでしょう。どうしてお才ちゃんが残されるのよ」

「お紅ちゃんがここで怒っても仕方がないわ。それに居残り稽古をさせるなんて、お師匠さんは言っていなかったわよ」

仁が慌てて取りなすけれど、才と仲のいい紅は納得しない。ふくれっ面のまま芹を睨（にら）んだ。

「大体、お師匠さんはお芹さんへの依怙贔屓（えこひいき）が過ぎるのよ。お俊とかいう娘のことだって、お芹さんの味方をしてさ。仇討の踊りの振り付けが変わったのも、お芹さんがうまく踊れないからに決まっているわ」

「さすがに、それは言いがかりだよ」

俊のことはともかく、踊りの振り付けが変わった理由は違う。芹は八日に師匠から聞いたことを伝えたが、紅に鼻で笑われた。

「だとしても、ああいう振り付けになったのはお芹さんのためよ。あたしゃお才ちゃんが派手に踊ると、お芹さんが見劣りするもの。だから、お師匠さんはあたしとお才ちゃんが目出たないようにしたんだわ」

「………」

「あたしは為八の見せ場が減ってがっかりよ。芝居はともかく踊りだったら、負けないつもりだったのに」

今日の稽古のざまを見れば、そう言われても仕方がない。無言で立ちすくむ芹をかばうように、仁が紅をなだめにかかった。

「とにかく、三人で初音に行きましょう。この時刻じゃ女中たちもしばらく戻ってこないもの。お才ちゃんだってお師匠さんの用が終われば、きっと初音に顔を出すわ。そのとき、何をしてきたか尋ねればいいじゃない」

初音は稽古所のすぐそばにある、才たちが行きつけの茶店である。紅はしばし考えてから断った。

「あたしは稽古所に戻ってお才ちゃんを待つわ。控えの間にはお兼もいるし」

「でも、お師匠さんはあたしたちを追い出したがっていたじゃないの。すぐに戻ったら、嫌な顔をされないかしら」

「こっそり戻れば、気付かれないわよ。もし見つかったって、忘れ物を取りに戻ったって言えばいいわ」

　よほど才のことが気になるのか、紅はそのまま踵を返す。仁はその背を見送ってから、芹のほうに振り向いた。

「お芹さんは付き合ってくれるわよね」

「悪いけど、あたしもやめておくわ」

「あら、どうして」

　たったいま紅に言われたことが胸にこたえたから――とは言いたくなくて、芹はあいまいな笑みを浮かべる。今日はもう東流の名取と同じ場所にいたくない。

　どうせ、本番は飛鳥山で踊るんだもの。

　人目のないところで、今日習った振り付けの稽古をしよう。このままじゃ、あたしが「仇討の場」を台無しにしてしまうわ。

　少女カゲキ団の看板役者として、それだけは避けたい。そう思って立ち去ろうとしたのだが、仁は芹の袖を摑んで放さない。「たいして時間は取らせないから」としつこく誘われ、しぶしぶついていくことになった。

「あら、この店は」

　初音と違う茶店に連れていかれ、芹はにわかに緊張する。「たまには、違う店もいいでしょう」と仁は言うが、慣れない場所は落ち着かない。

こっちは青畳の上に座るような暮らしをしていないんだよ。二人で話すだけなら、立ち話でも構わないのに。

ここの代金は仁が出すとわかっていても、どうにも尻が落ち着かない。きしむまめやの床几（しょうぎ）のほうが貧乏人は落ち着くのだ。芹がもじもじしていると、仁が運ばれてきたお茶を勧めた。

「まずは一服してちょうだい。お芹さんは今日人一倍疲れたでしょう。あたしも慣れない義太夫をうなり続けて喉（のど）が痛いわ」

そう言う仁はよほど喉が渇いていたのだろう。まだ熱い茶をすする。

芹は苦笑いして湯飲みを取った。踊りの稽古に台詞はないが、今日は謝ってばかりいたのでこっちも喉が渇いていた。

「それで、何の話なの」

駆け引きなしに尋ねれば、仁がためらいがちに切り出した。

「お芹さんは稽古の合間に、お静ちゃんをじろじろ見ていたでしょう」

「ちょっと、急にどうしたのよ」

「お静ちゃんが気になるのはわかるけど、やめてちょうだい。お才ちゃんたちが不審に思うわ」

　てっきり今日の芝居のことで何か言われると思っていた。予想外の言葉を聞いて、芹は目を白黒させる。

「それはお仁さんの勘違いよ。今日はお師匠さんに叱られ通しで、お静さんどころじゃなかったわ」

「口から出まかせを言わないで。あたしはお静ちゃんの隣に座って、ちゃんと見ていたんだから」

　それは静ではなく、義太夫を語る仁を見ていたのだ。

　しかし、仁の思い込みは強かった。

「お師匠さんやお才ちゃんが官兵衛を踊るときだって、わざわざお静ちゃんがよく見える稽古場の隅に座ったじゃない」

「あれはお静さんのそばに座るのが嫌だっただけよ。見当違いも大概にして」

　芹は男姿の静に脅されたことがある。人前で何かされることはないだろうが、進んでそばには行きたくない。

　だが、仁は「やっぱり」と、芹を睨んだ。

「お静ちゃんが男と知って、気になっているんでしょう。だから、そばに寄ることができないんだわ」

こっちは怖くて近寄りたくないだけなのに、仁は的外れな解釈をする。芹は人の話を聞かない仁にだんだん腹が立ってきた。

「……百歩譲って、あたしがお静さんに気があったとして何が悪いの。どうしてお仁さんが文句を言うのよ」

「あたしは昔からあの子のことを守ってきたの。詳しい事情を知らないくせに、余計なちょっかいを出さないで」

仁に言われるまでもなく、ちょっかいなんて出していない。秘密を知られたと悟った静がちょっかいを出してきただけだ。

そう正直に言ったところで、仁は恐らく納得しまい。芹は内心嘆息した。

お仁さんが好きなのは芝居だけだと思っていたら、お静さんのことも好きだったのね。秘密を抱えたひとつ年下の男の子をずっと見守ってきたわけか。

その心意気は買うけれど、八つ当たりは迷惑だ。仁の口を封じるべく、芹は冷ややかな声を出す。

「手を引かせたかったら、お静さんの事情とやらを教えてちょうだい」

「だから、それはできないのよっ」

仁の垂れ目が一気に上がり、芹は一瞬怯んでしまった。

でも、どんな事情があるにせよ、お静さんは自ら望んで少女カゲキ団に加わったのよ。それなのに、仲間を騙し続けるなんてずるいじゃないの。

少女カゲキ団は秘密の娘一座である。

こちらが何も知らぬ間に、静の事情に巻き込まれたらどうするのか。そのときになって「お静さんが男だなんて知らなかった」と訴えても、通用しないに決まっている。

芹は負けじと仁を見つめた。

「ところで、お師匠さんはお静さんの秘密を知っているの？」

「それは……知らないはずだけど……」

さっきまでとは様子が一変、仁はおどおどと口ごもる。次いで、閃いたと言いたげに顔を上げた。

「もし男だと知っていたら、東流から追い出されているはずよ。何より、お静ちゃんを少女カゲキ団に入れるもんですか」

「あら、それはわからないわ。お師匠さんはお静さんを男だと承知で、東流に置いていたかもしれないよ」

幼い頃ならいざ知らず、十五になった静は背を盗んで娘のふりを続けていた。師匠は当然気付いていただろう。

「男だとわかっても、お静さんは橋本屋の娘だもの。それこそ下手なことは言えないでしょう」

「だとしても、進んで少女カゲキ団に入れるのはおかしいわ」

仁はどうしても師匠が気付いていないことにしたいらしい。苦笑した芹は自分の考えを口にした。

「あたしはむしろ男だと知っていて、お師匠さんはお静さんの望みをかなえてあげた気がするわ」

「まさか……」

「だって、男なのに女の恰好しかできないなんて気の毒じゃない。お師匠さんはお静さんに男の恰好をさせてやろうと思ったのよ」

思い当たる節があるのか、仁はハッとしたように口を押さえる。

芹は、少女カゲキ団入りを反対されたときの静の叫びを思い出した。

──あたしだって男の恰好をしてみたい。そう思っちゃいけないの？

いまにして思えば、あの言葉はやけに切実な響きを持っていた。

「お師匠さんも知っているなら、お静さんの秘密を知らないのはお才さんとお紅さんだけになる。あの二人にも打ち明けておいたほうが、何かと安心だと思うけどね」

才と紅も秘密を知れば、静だって自分を目の敵（かたき）にしなくなる。仁もうるさく絡んでこなくなるだろう。

しかし、その考えは仁に一蹴（いっしゅう）された。

「そんなことをしたら、九月の芝居どころじゃなくなるわ」

「どうして」

「お才ちゃんは身分の高いお武家様との縁談が決まったのよ。お静ちゃんが男と知ったら、一緒に芝居なんてできないわ」

「でも、いままでやってきたじゃないの」

「それは女同士だと思っていたからよ。男女七歳にして席を同じうせず。お静ちゃんは十五、あたしたちは十六よ」

　そうは言っても、この先も才と紅が気付かないという保証もない。自分だってよろめいたはずみに抱きついて、静が男だと気付いたのだ。

「付き合いが長いってことは、その分長く騙されてきたってことだもの。お静さんの事情は脇に置いて、男だってことは打ち明けておいたほうがいいわ」

「だから、そう簡単に言わないでちょうだい。男だってばれたら、お静ちゃんの命が危ないのよ」

嚙みつくように言い返してから、仁はしまったとばかりに顔を歪める。芹もさすがにぎょっとした。

お静さんの家は薬種問屋でしょう。

どうして、男だと命が危ないなんて話になるのよ。

それとも、大店では跡取りの座を巡ってそういうこともありうるのか。芹が息を呑んだ隙に、仁がすっくと立ち上がる。

「とにかく、お芹さんが口を出すようなことじゃない。もしも先走ってお才ちゃんたちに告げ口したら、あたしは一生許さないから」

仁はそのまま逃げるように座敷から出ていった。ひとり残されてしまった芹は冷めた茶をすする。

静には兄がいると聞いている。

妹ではなく弟だったとわかったら、その兄に命を狙われるのか。薬種問屋には毒薬もある。人を病に見せかけて殺すのだって簡単だろう。

いや、いくら何でもそれはないか。お仁さんが「殺される」なんて脅かすから、馬鹿なことを考えちゃったわ。でも、男だと何がまずいんだろう。

静本人に続いて、仁にも口止めされてしまった。

できるだけ関わらないほうがいいとわかっていても、どうしても気にかかる。男だとわかったら殺されるなんて、一体どういうことなのか。芹が頭を抱えていると、七ツ（午後四時）の鐘が鳴り出した。

いつもこの鐘が鳴ったあたりで、自分以外は稽古所を後にする。師匠に居残りさせられた才もそろそろ家に帰るだろう。

芹はしばし迷った末、花円の稽古所に引き返した。玄関で声をかけると、すぐに師匠が出てきてくれた。

「おや、あんたも忘れ物かい」

「いいえ、お師匠さんに相談があるんです。お邪魔してもいいですか」

玄関脇の控えの間から、すでに人気は消えている。

師匠はあっさり承知した。

「みなが消えたところを見計らって、わざわざ戻ってくるなんて。さては、ひとりだけ稽古をつけてほしいんだね」

それも確かにあるけれど、先に聞きたいことがある。芹は大きくうなずいてから、恐る恐る切り出した。

「あの、お師匠さんはお静さんの秘密をご存じですよね」

「何だい、静花の秘密って」

さも不思議そうに首をかしげられ、芹は内心青くなった。

お師匠さんはてっきり知っていると思ったのに……ここは話を逸(そ)らすべき？　それとも、思いきって打ち明けたほうがいいかしら。

仁から「命が危ない」なんて言われたせいで、言葉が喉につかえてしまう。

同時に、いますぐ師匠に打ち明けたくて仕方がない。命に関わる秘密ならなおのこと、自分だけの胸に抱えておくのは大変だ。

芹が冷や汗をかきながら口を開けたり閉じたりしていたら、師匠は不意ににやりと笑った。

「何だい、そのみっともない顔は」

「えっ、あの」

ここは何と答えるのが正解なのか。芹が途方に暮れたとき、

「あんたは静花の身体(からだ)に抱きついた。互いに着ている着物も単衣(ひとえ)だったし、嫌でもわかると思ったよ」

師匠は「秘密を知っている」と言わなかったが、言わんとすることは明らかだ。芹

は身体中から力が抜けた。

だったら、最初からそう言ってくれればよかったのに。上手にとぼけられたせいで、こっちは寿命が縮んだよ。

「……いつからご存じだったんですか」

「さて、いつからだろう。少なくとも、静花が弟子入りしたときは、女の子だと思っていたがね」

橋本屋の主人から「娘です」と紹介されれば、当然女の子だと思うだろう。

だが、静が男だと気付いてからも、師匠は知らぬ顔をした。橋本屋ほどの大店が我が子の性別を偽るなんて、ただ事ではないと考えたそうだ。

「とはいえ、静花も十五になった。遠からず隠し通せなくなっちまう。橋本屋さんはどうするつもりかねぇ」

物憂げな顔で呟く師匠に芹はうなずく。師匠の気持ちについて、自分の当て推量はほぼ当たっていたようだ。

「男だと知っていて、どうしてお静さんを少女カゲキ団に入れたんですか」

「常日頃背を盗んで娘のふりをしている静花に、男の恰好をさせてやりたかったのさ。本物の男だけあって、男姿がよく似合うだろう」

「それは……そうですけど」

やはりそうかと思いつつ、芹は口ごもる。

才や紅に静のことを打ち明けなくていいのだろうか。不安になって尋ねると、師匠は「そうだねぇ」と首をかしげた。

「静花やその両親があらゆる手を使って隠してきたことだ。才花は札差、花紅は魚屋――薬種問屋の橋本屋と商いでぶつかることはないだろうけど、ひとまず黙って様子を見るが吉だろうよ」

「ですが、何かのはずみでお静さんが男だとお才さんたちにばれてしまったら」

「そのときは、そのときさ。あんたはいま、もっと他に心配しなくちゃいけないことがあるだろう」

意味ありげに見つめられ、芹の背筋に寒気が走る。

「も、もちろん、あたしは誰よりも踊りの稽古に励まないといけません」

「いい心がけだね。それじゃ、さっそく始めようか」

望むところと思いつつ、その前に聞きたいことがある。芹はまっすぐに師匠を見つめた。

「お師匠さん、仇討の踊りが今日のような振り付けになったのは、あたしが下手くそなせいですか。お才さんやお紅さんと一緒に踊ると、見劣りしてしまうから」

「ふうん、誰かにそう言われたのかい」

問いに問いで返されて、芹は小さく顎（あご）を引く。

「でも、あたしもそうだと思いました」

「確かに、外れちゃいないけどね。あんたのためにそうしたわけじゃない。そのほうが客に喜ばれると思ったのさ」

遠野官兵衛として踊る限り、芹が水上竜太郎より未熟に見えては困るのだ。だからと言って官兵衛の踊りを削ったら、見物客が不満を抱く。

「この踊りはあんたが言い出したことだ。ちゃんと遠野官兵衛らしく踊れるように、しごいてやるから覚悟しな」

「はいっ」

意気込む芹の頭から、静のことは消えていた。

## 五

よく「人の噂も七十五日」と言うけれど、少女カゲキ団の噂は止まらない。

おかげで、才が歩くたびにあちこちで耳にしてしまう。昨日も買い物の帰り、絵草紙屋の店先で揉めている三人の娘たちを見た。

――どうして少女カゲキ団の芝居の日時がはっきり書いてないのかしら。これじゃ、いつ飛鳥山に行けばいいのかわからないわ。

――飛鳥山は遠いから、毎日なんて通えないしね。

――そういえば、おとっつぁんの知り合いが根岸に寮を持っているの。いっそ九月の間中、そこを借りてみなで住んだらどうかしら。

――あら、いいわね。きっと、おあきちゃんやおかよちゃんも「行きたい」って言うわよ。

――でも、そこまでして見物する値打ちがあるかしら。所詮はあたしたちと同じ、娘の素人芸でしょう。

——あたしたちと同じ娘がやるから、いいんじゃないの。それにおあきちゃんは花見のときにその目で見て、感激したって言っていたわ。

——あっという間に終わった芝居に感激したって言われてもねぇ。

——あたしは一瞬だって構やしないわ。錦絵に描かれた遠野官兵衛が動くところを見たいもの。

——あまり期待しないほうがいいんじゃないの。こんなものかとがっかりするわよ。

——おきっちゃんって本当にあまのじゃくね。意地の悪い勘繰りしかしないなら、あんたなんか誘わないわ。

——何よ、こっちは心配して言ってやってんのに。

——ふん、余計なお世話様。あんたとなんて絶交よ。

——それはこっちの台詞だわ。

——二人とも、お願いだから喧嘩をしないで。

往来で「少女カゲキ団」と耳に入れば、おのずと足が止まってしまう。気になって耳をそばだてていた才は、三人の娘のうちの二人が喧嘩を始めたところで、そそくさと立ち去った。

どんなものでも広く名を知られると、よく知りもしないのに、悪く言う人が増えてくる。

それが世の習いとわかっていても、一所懸命にやったものを貶されれば腹が立つ。そのくせ過分にほめられても、居たたまれない気持ちになった。

そして、何より恐ろしいのは「あの人が水上竜太郎よ」と後ろ指をさされることだ。以前は「人違いです」と言い逃れるつもりでいたが、俊と雪の話を聞いてにわかに心配になってきた。

飛鳥山で芝居をしたとき、遠野官兵衛に扮した芹は笠をかぶった浪人姿だった。その場から走り去る直前に笠を外しはしたものの、人目にさらしたのはあくまで鬘をかぶった顔である。

それを一瞬見ただけで、まめやで働く手伝いが遠野官兵衛だと見抜いたなんて。ならば、水上竜太郎も危ないと日に日に不安が増していく。

あたしはいつも出がけに錦絵を見て、竜太郎と似ているところがないか気を付けているけれど。お俊さんはあたしを見て、水上竜太郎だと気付くかしら。

そんな思いが拭いきれず、俊たちを放っておくのは恐ろしかった。知らぬ間に俊とすれ違い、後ろ指をさされたら大変なことになる。やはり、向こうの頼みを聞き入れ、芝居の日時を教えたほうがいいのだろうか。

しかし、よく知らない人間を信じるのもためらわれる。才はあれこれ考えた末、七月二十八日の朝五ツ半（午前九時）に高砂町の稽古所に行った。

今日の四ツ頃、俊と雪は芹の案内で花円に会いに来るはずだ。芝居の稽古は昼からすることになっていて、稽古に合わせて出かけたのでは二人と入れ違いになる。

そこで早めに押しかけて、師匠と俊たちのやり取りをこっそりのぞき見ようと思っていたら、

「どうして、こんな時刻に雁首を揃えているんだい。あんたたちの稽古は昼からだって言ったじゃないか」

誰しも思うところは同じらしい。朝四ツになる前に、才、紅、仁、静が顔を揃えた。呆れ顔で嘆く師匠に、仁がごまかすような笑みを浮かべる。

「だって、家にいても気になって」

「それで稽古所に先回りして、物陰から盗み見ようって魂胆かい。いずれ劣らぬ大店の娘たちがさもしい真似をするじゃないか」

「だって、『再会の場』を見た人がどう思ったのか知りたくて。近頃はあたしたちの芝居を見たこともないくせに、悪く言う人が増えたんです」

仁も大きな尾ひれがついた少女カゲキ団の噂に頭を悩ませていたらしい。その気持

ちはよくわかると思っていたら、次に静が口を開いた。

「あたしはお仁ちゃんとは違います。先に来て客が帰るのを待っていれば、早く稽古ができると思っただけです」

「おや、そうかい」

師匠に意外そうな顔をされ、静は不満を口にした。

「このところ踊りの稽古に手間取って、あたしは稽古ができません。お師匠さん、今日は高山の稽古をさせてください」

「あんたの気持ちもわからないでもないけどさ。お芹の踊りがあの調子じゃ……」

「それは、あたしが帰ってから稽古をしてくださいな。あたしはお芹さんの下手な踊りを眺めるために、ここに来ているわけじゃありません」

辛辣(しんらつ)な静の言い分に師匠の眉間が狭くなる。顔色を変えた仁が「お師匠さん」と声を上げた。

「あの、お客とどこで話をするんですか。あたしは茶の間より、稽古場のほうが広くていいと思います」

盗み聞きをするには、茶の間より音の響く稽古場のほうがやりやすい。

師匠はそういう弟子の肚(はら)などお見通しに違いない。これ見よがしなため息をつき、稽古場の脇の座敷に四人を案内した。

「顔を見られたくなかったら、ここでおとなしくしておいで。あたしはお望み通り、稽古場で話をするから」

「はい、わかりました」

「物音を立てないように気を付けます」

仁と紅が愛想(あいそ)よく応(こた)え、目の前で襖(ふすま)が閉じられる。師匠の姿が消えたとたん、仁が三人に振り返った。

「お師匠さんが盗み聞きを許してくれてよかったわね」

そう言う仁は満面の笑みである。確かにその通りだが、改めて言わなくてもいいものを。才はため息を呑み込んだ。

「そういえば、お紅ちゃんはお俊さんから何を聞きたかったの」

「あ、あたしもお仁ちゃんとおんなじよ。そう言うお才ちゃんは？」

「も、もちろん一緒よ」

念のため、俊の人相と人柄を確かめておきたかった――なんて、わざわざ白状するまでもない。あいまいな笑みを浮かべれば、静がますます不機嫌になる。

「いまさら、前の芝居の評判なんて気にしなくてもいいじゃない。盗み聞きなんてみっともないわ」

自分はあくまで稽古のために早く来たと言いたいらしい。すると、紅が意味ありげな笑みを浮かべた。

「そりゃあ、お静ちゃんは『再会の場』に出ていないもの。評判だって気にならないでしょうよ」

「あたしは終わったことを気にするよりも、これからやることを頑張ったほうがいいと言っているのよ」

静がむきになって言い返したが、紅は余裕の態度を崩さなかった。

「だからって、自分の出番しか考えないのはわがままでしょう。それだって十分みっともないんじゃないかしら」

「わがままじゃないわ。あたしは高山信介をちゃんと演じられるようになりたくて」

「あら、あたしたちの芝居にさんざんケチをつけてくれたお静ちゃんのことだもの。稽古なんてしなくとも、うまい芝居ができるものだと思っていたわ」

かつての言動を引き合いに出され、静は悔しそうに口ごもる。仁が見かねて二人の話に割って入った。

「お紅ちゃん、どうか大目に見てやって。お静ちゃんは踊りのおさらい会すら出たことがないのに、いきなり大勢の人の前で芝居をすることになったでしょう。こう見えて柄にもなく上がっているのよ」

「ちょっと、お仁ちゃん」

「それに、飛鳥山でやった芝居を自分の目で見ていないから。お俊さんが何と言うか、実は誰より気にしているの」

「お仁ちゃん、口から出まかせを言わないで」

静は怒って噛みつくが、仁はまるで動じない。顔を赤く染めた幼馴染み(おさななじ)を慣れた様子でなだめている。

才はそんな二人を見て、納得した。

男姿があまりにも堂に入っていて忘れていたが、静は東流のおさらい会に出たことがない。初めて人前で芝居をすると思ったら、緊張するに決まっている。稽古も人一倍念入りにしたくなるだろう。

何かとうるさいことを言うのも、不安の裏返しだったのね。ここは年上のあたしたちが大目に見てあげないと。

いっそ、ほほえましい気分で静を見れば、数人の足音が近づいてきた。

「ほら、来た。静かにしなくちゃ」

「言われなくてもわかっているわよ」

それぞれが口をつぐんだ直後、稽古場の襖が開き、板の間を踏みしめる音がした。

「お師匠さん、無理なお願いをしてすみません」

お芹の声に続き、「ああ、いいよ」と言う師匠の声。才は襖のそばに寄り、聞き漏らすまいと息をひそめる。

だが、これだと声は聞こえても、客の顔は拝めない。どうしたものかと思っていたら、仁は一寸（約三センチ）ばかり襖を開けた。

お仁ちゃんたら、それはさすがにやりすぎよ。お俊さんたちに気付かれたらどうするの。

才は心の中で叫んだが、仁はその隙間から稽古場をのぞき込んでいる。他の二人も仁に続き、才も結局、好奇心には勝てなかった。

師匠と芹の他に、見覚えのない娘が二人座っている。

ひとりは小柄だが色黒で、いかにも身軽そうな身体つきだ。もうひとりは色白で女のわりに身体が大きい。才はその見た目から大きな雪だるまを思い浮かべた。

「あの、あたしは俊と言います。今日はお邪魔をしてすみません」

そう言って頭を下げたのは、背の低いほうの娘である。足首がきゅっと締まっているのは、いつも畑仕事をしているせいか。

　その隣には、大きな雪だるまが凍り付いたように座っている。俊に「お雪ちゃん」と肘で突かれて、我に返ったように口を開いた。

「あ、あの、あたしは雪と申します。横山町の鈴村の娘です」

　見かけと違ってか細い声でそう告げると、勢いよく頭を下げる。緊張しきった二人の様子に、師匠は気安い笑みを浮かべた。

「なに、こっちが会いたいと言ったんだ。そう固くならないどくれ」

「はい、ありがとうございます」

「あんたたちのことは、お芹から聞きました。少女カゲキ団を贔屓にしてくれているそうだね」

「は、はいっ」

　俊が元気に返事をすると、師匠はおもむろに咳払いした。

「先刻承知だと思うけれど、少女カゲキ団の正体は表沙汰にできない。だから芝居の日時も秘密なんだよ。変な連中に先回りされると困るからね」

「それはあたしたちもわかっています。教えてもらった芝居の日時は誰にも言いません。神かけて誓います」

そう語る俊の表情は真剣だったが、師匠は呉服屋の客が反物を勧める手代を見定めるような目つきになった。

「そうは言っても、若い娘はおしゃべりだからね。その気はなくとも何かのはずみで、口が滑ることもあるだろう」

「大丈夫です。あたしは寺島村に住んでいて、話し相手なんていませんから」

「そっちのお雪さんは？　いま評判の小間物屋の娘だってね」

「お雪ちゃんは見ての通り口が重くて、めったにしゃべりません。それこそ、うっかりなんてあり得ません」

俊が必死に言い募る横で、雪は無言でうなずいている。どうやら、身体に負けないくらい口も重いようだった。

「お願いです。あたしたちを信じてください」

「初対面の人の言葉をまんま鵜呑みにできるほど、あたしも人がよくなくてね。あんたたちが約束を守るという保証はどこにもないじゃないか」

息をひそめて見ていた才は師匠の言葉に顎を引く。俊が心にもないことを言っているとは思わないが、人は都合が悪くなると勝手に前言を翻す。

疑いを込めて見つめていると、俊はなぜか胸を叩いた。

「保証ならここにあります」

　そう言って懐から取り出したのは、遠野官兵衛の錦絵だった。

「お雪ちゃんから話を聞いて、すぐに買ってもらったんです。小遣いをそっくりはたいても、三枚しか買えなかったけど」

　そのうちの一枚を常に持ち歩き、二枚は家に隠してあるという。芹は驚いたように目を丸くした。

「同じものを三枚も買うなんてもったいない。どうして、そんなことをするんです」

「だって、錦絵がたくさん売れたら、これとは違う遠野官兵衛の姿絵が売り出されるかもしれないでしょう。それに懐に入れて持ち歩いたら、どうしても傷んでしまうもの。一枚、二枚じゃ心許なくて」

「なるほどねぇ」

「お雪ちゃんは遠野官兵衛だけでなく、水上竜太郎も買ったんです。しかも、それぞれ五枚ですよ」

　いきなり自分の話になり、雪が色白の顔を赤らめる。この調子なら、二人は本気で少女カゲキ団が好きなのだろう。

　それにしても、お雪さんが竜太郎の錦絵も買ってくれていてよかったわ。二人とも官兵衛しか持っていないと言われたら、あたしの立つ瀬がなかったもの。

才が安堵している暇に、俊は少女カゲキ団を贔屓にする理由を語り出した。

「あたしの両親は横山町で居酒屋をやっていたんですけど、三年前に二人とも亡くなって……あたしは両親と不仲だったじいちゃんに引き取られました」

俊はその直後から、「おまえは婿を取って百姓を継げ」と言われ続けてきた。

しかし、居酒屋の娘として育った俊は、村での暮らしが性に合わなかった。いつか家を出たいと思いつつ、心ならずも祖父に従ってきたという。

「好きな人と所帯を持って、両親がやっていたような居酒屋を夫婦でやるのが、あたしの昔からの夢でした。でも、じいちゃんがとうとうあたしに縁談を持ってきて……途方に暮れているときに、お雪ちゃんから花見に誘われたんです」

その心遣いはうれしかったが、見事な花の雲を見上げても、重箱に詰められた御馳走を見ても、心はちっとも浮いてこない。

あたしの花が咲くことは、この先一生ないかもしれない――ため息をついたとき、ひどく張り詰めた声が聞こえてきた。

――ついに見つけたぞ。おぬしは遠野官兵衛だな。

続いて「おい、仇討らしいぜ」「馬鹿言え、ありゃ花見の茶番だ」という声がして、俊はすぐに納得した。誰もが浮かれる花の下で、本気の命のやり取りを誰がしようと思うだろう。

まったく、どこのお調子者が茶番の仇討なんて始めたんだか。むしゃくしゃするから、思い切りヤジでも飛ばしてやろう。

八つ当たりする気満々で声のしたほうに近づくと、振袖袴（ふりそではかま）姿の若衆と小柄な中間（ちゅうげん）が笠をかぶった浪人と向かい合っていた。

「その若衆と中間が若い娘だってことは、見てすぐにわかりました。声が高いし、あんなにきれいな若衆やかわいらしい中間はいないもの。そうなると、笠をかぶった仇役が男か女か気になるでしょう」

たぶん女だろうと思ったが、それにしては背が高く、男物の着流しも腰が決まっている。声も男のように聞こえて、俊は内心首をかしげた。

「あたしは居酒屋の手伝いをしていたから、人を見る目には自信があります。それでも、すぐにはわかりませんでした」

果たして、笠の下にある顔は男か、女か。

俊が目を凝（こ）らしていると、数人の酔っ払いが三人に絡み出した。

このままだと芝居がめちゃくちゃになる。舞台ではこういうとき、粋（いき）な旅人や若侍が颯爽と助けに入るものだ。

だが、桜の下の茶番ではそうもいくまい。たとえ浪人が男であっても、ひとりで数人の酔っ払いを相手にするのは難しい。

一風変わった娘芝居もここまでかと思ったとき、

「笠をかぶったままの浪人が凄んだだけで、酔っ払いを黙らせてしまうんだもの。それを見て、やっぱり男だったんだと思ったのに」

笠を投げ捨てた顔を見て、遠野官兵衛も女だとわかった。

そして、一瞬目が合って俊は息を呑んだという。

「あのときの官兵衛様の凛々しさときたら……いま思い出しても胸が震えます」

俊は熱っぽい目で宙を見つめ、両手の指をからませる。どうやら、その瞬間を思い出して夢見心地でいるようだ。

一方、芹は目の前で語られる熱い思いに居たたまれなくなったらしい。いつになく顔を引きつらせ、もじもじと身体をゆすっている。

するとと、雪が頭を下げた。

「すみません、お俊ちゃんは遠野官兵衛のきつい贔屓なもんだから」

「あら、お雪ちゃんだって人のことは言えないでしょう」

雪は水上竜太郎の錦絵も買ってくれたが、飛鳥山では遠野官兵衛しか目に入っていなかったらしい。才はちょっとがっかりしたものの、助かったとも思っていた。二人は遠野官兵衛の熱心な贔屓だから、まめやで芹をひと目見て「遠野官兵衛だ」と気付いたのだ。恐らく、自分を見たところで水上竜太郎とは気付くまい。

でも、次の「仇討の場」はお芹さんの独擅場にできないわ。官兵衛が討たれた後も、あたしは芝居をするんだから。

それにしても、芹の役者としての華はたいしたものだと思う。あのときは早く逃げることしか考えていなかったはずなのに、客が勝手に「こっちを見た」「目が合った」と思い込んでしまうのだから。才は改めて感心した。

「少女カゲキ団の芝居を見て、あたしは勇気をもらいました。飛鳥山で二度目の芝居があったって聞いたときは、悔しくて、悔しくて……もう一度、官兵衛様の姿を見たいと思っているときに、まめやで働いているお芹さんを見かけたんです」

着ているものは違っても、俊はすぐに芹が官兵衛だと気が付いた。しかし、にわかに信じられなかったという。

「あたしは頭から、少女カゲキ団は金持ちのお嬢さんたちの道楽だって思っていたから。お雪ちゃんと一緒に穴が開くほど、お芹さんを見つめてしまいました」

「ねえ、どうして少女カゲキ団がお嬢さんの道楽だと思ったの」

こっちが聞き捨てならないと思ったことを芹が代わって尋ねてくれる。そばにいる仁や紅も小さくうなずいた。

「だって、遠野官兵衛の鬘はちゃんとしたものだったから。貧乏人が花見の茶番のために用意できるものじゃありません」

「竜太郎の振袖も損料屋で借りた安物には見えませんでした」

苦笑する俊に続き、雪も重い口を開く。才は一瞬、背筋が凍った。

まさか、遠野官兵衛の鬘でこっちの懐具合を見透かされるなんて。この二人はよくよく目が利くらしい。

「そのうち、性質の悪い客がお芹さんに絡み出したから、黙っていられなくて横から口を出したけど」

「あのときは、ありがとう。本当に助かりました」

改めて芹が礼を言うと、「お礼を言うのはこっちです」と俊が笑った。

「酔っ払いをひと睨みで追い払った遠野官兵衛も、普段は普通の娘さんなんだって。あたしはあの場に居合わせたおかげで親しみがわきました」

同時に、茶店の手伝いが遠野官兵衛になれるなら、自分もやりたいことができるはずだと思ったという。

そして、改めて縁談を断ろうとした矢先、祖父が足を痛めてしまった。俊はひとり畑仕事と祖父の世話に追われ、縁談は一旦棚上げになったとか。

「じいちゃんは思うように動けなくなって、あたしに逃げられたら困ると思ったんでしょう。でも、足がよくなったら元の黙阿弥。またぞろ『女は引っ込んでろ』が始まった上に、強引に縁談を押し付けようとして。いまは『畑が忙しくて、それどころじゃない』とごまかしていますけど」

このままだと、年内にも婿取りをさせられる。それを避けるために、祖父に少女カゲキ団の芝居を見せて、女を見る目を変えさせたい――俊がそう締めくくると、師匠が軽くうなずいた。

「お俊さんの事情はわかった。でも、そのじいさんが少女カゲキ団の芝居を見て、あんたの婿取りを諦めるとは思えないね」

「ど、どうしてですか。やってみないとわかりません」

耳に逆らう言葉を聞いて、俊が不満をあらわにする。師匠は顎に手を当てて、憐れむように俊を見た。

「落ち着いてよく考えてごらん。あんたが人気役者に熱を上げたとして、他の男を見る目まで変えるかい？　あんたのじいさんだって同じことさ。男勝りの娘がいると知ったところで、あんたを見る目まで変えるもんかね」

　むしろ少女カゲキ団に憧(あこが)れていることを知れば、はねっ返りになるのを恐れて、ますます締め付けが厳しくなるかもしれない——情け容赦のない師匠の言葉に、俊の顔から血の気が引いた。

「百姓の女房になるのがそんなに嫌なら、家を出るしかないだろう。下手に飛鳥山なんぞに連れていくと、かえって面倒なことになるだろうよ」

「で、でも……」

「勘違いしないどくれよ。あたしは意地悪でこんなことを言っているんじゃない。女が好きに生きるってのは、それくらい厳しいことなんだよ」

　師匠が言い終える前に、俊が力なく顔を伏せる。

　その痛々しい様子が才の胸にも突き刺さる。俊が語った身の上は、十分身につまされるものだった。

　あたしだって縁談相手が利信様でなかったら、いま頃は途方に暮れていたはずだもの。お師匠さんの言い分はもっともだけど、試してみてもいいんじゃないかしら。どうせ、次が最後になるんだもの。

才自身、そういう年寄りにあっと言わせたい思いもある。首尾よく俊の祖父の考えを変えさせられたら、大きな自信になるだろう。

とはいえ、ここから顔を出せば、盗み聞きを俊たちに知られてしまう。

才が唇を噛んだとき、仁がいきなり立ち上がって襖を大きく開け放った。勢い、聞き耳を立てていた自分を含む三人は稽古場の中に転がり込む。

「あんたたちは何してんだい、客の前でみっともない」

「お師匠さん、お騒がせしてすみません。でも、あたしはお俊さんにどうしても言いたいことがあって」

仁はひとり悠然と稽古場に入り、笑顔で俊の手を取った。

「お俊さん、次の芝居にはぜひ、おじいさんを連れてきてください。女だって男に負けないってところを見せてやります」

「あ、あの、あなたは」

さすがの俊も突然現れた振袖娘が「再会の場」の瓦版売り（かわらばん）とはわからなかったらしい。目を白黒させる相手に仁は言った。

「あたしは少女カゲキ団の座付き狂言作者です」

「初回の芝居では、〆の口上を言ったんだよ」

師匠の一声で俊が手を打つ。「ああ、あの瓦版売り」と声を上げ、仁はうれしそうにうなずいた。

「あたしの書いた狂言で若い娘が救われるなら、これほどうれしいことはないわ」

「ちょっと、お仁ちゃん。そんなことを言って大丈夫なの」

静が俊を横目で見ながら、仁の脇腹を肘で突く。

しかし、仁は怯まなかった。

「だったら、お静ちゃんはお俊さんのおじいさんの肩を持つのね。このままだとお俊さんはその身に流れる血に縛られて、望んでもいない一生を強いられるのよ」

やけに芝居がかった言い回しが仁の口から飛び出してくる。

たかが百姓の婿取りをずいぶん仰々しく言うものだ。才は内心呆れたが、静はそれなりに思うところがあったようだ。険しい顔で黙り込む。

その後、全員で話し合い、俊たちの望みをかなえることになった。

六

俊が遠野官兵衛について熱く語っている間、芹はひどく居心地が悪かった。

普段、まめやの客からは「大女で色気がない」とか「愛想が足りない」と、悪口ばかり言われている。登美や澄、ついでに母はこっちが何かすれば「ありがとう」と言ってくれるが、ほめることはめずらしい。

お才さんなら大金持ちの娘で、「蔵前小町」だもの。常日頃からほめられ慣れているだろうけど、あたしは慣れていないからね。面と向かって持ち上げられると、尻がむず痒くて仕方がないよ。

頬を染めた俊がうっとりと「官兵衛様」と口にするたび、この場から走って逃げたくなる。せめて、まめやで働く姿を俊に見られていなければ、遠野官兵衛になりきって恰好を付けられたかもしれないが。

そしてふと、芹は幼い頃のことを思い出した。

――うまいぞ。さすがはおとっつぁんの子だ。

――一遍でできるなんて、たいしたもんだ。

――芹坊なら、三座の役者になれるぞ。

いまにして思えば、拙い台詞回しだったにもかかわらず、父は手放しでほめてくれた。幼い我が子に役者の心得や芝居のやり方を熱心に教え、朝に晩に「立派な役者になれ」と言い続けた。

あの頃は、母よりも父のほうが好きだった。

同じ口から「役立たずの生まれそこない」と罵られる日が来るなんて、夢にも思っていなかった。

お俊さんもじいさんから「女のくせに」と見下され、何かにつけておっかさんの悪口を聞かされるのがつらいと言っていたもの。それでも最後の身内だから、なかなか諦められないいんだろうね。

自分だって六つで父に捨てられたのに、真実思いきるまでにさらに七年もかかった。まして、俊は両親を亡くしてから引き取ってもらった恩もある。相手が年寄りということもあり、なおさら迷いが生じるのだろう。

師匠はそういう気持ちを察しながらも、なかなかほだされてくれなかった。厄介事はごめんとばかり、胸に刺さる言葉を並べる。

しかし、少女カゲキ団に寄せる俊の思いに、隣で盗み聞きをしていた仁が進んで味方についてくれた。途中、静も異を唱えたけれど、仁の勢いに押し負けて、最後は師匠もうなずいた。

それにしても、大店のお嬢さんたちが集まって盗み聞きをするとはね。高価な着物を着て澄ましていても、やることは貧乏人と変わらないよ。

突然開いた襖から、長い袂を翻して才たちが勢いよく転がり込む。その姿を思い出すと、知らず笑いがこみ上げる。

そして俊たちを見送ったあと、芹は衣装に着替えて稽古場に戻った。そこには支度を終えた四人と師匠が待ち構えていた。

「この前の稽古は、仇討の踊りに手間取って静花の出番がなかったからね。今日は高山の登場からやるとしよう」

「えっ、そんな」

今日こそ踊りを仕上げるつもりだったのに、いきなり当てが外れてしまった。芹はひとり不満の声を上げ、周りを見て口をつぐむ。

お静さんはひと足先に帰るもの。そのあとでも踊りの稽古はできる。何なら、あたしだけまた居残りをさせてもらえばいいか。

親がうるさいお嬢さんたちと違い、自分はいくらでも時間が取れる。師匠もそれを承知の上で、稽古の順番を決めたのだろう。

「遠野官兵衛が討たれたところで、高山信介が登場する。いいかい、お芹は死人だからね。何があっても動きなさんな」

「はい、わかりました」

わざわざ念を押されたが、「言うにや及ぶ」というやつだ。どうせ死人のふりなんて、寝ているのと変わらない。

うつ伏せに横たわる芹の両側には、水上竜太郎に扮した才と、中間為八に扮した紅が立つ。師匠が芹の頭越しに、芝居の説明をした。

「簡単に官兵衛を討ち取れて胸騒ぎを覚える竜太郎と、仇討本懐を遂げたと喜ぶ為八。そこに官兵衛の友である高山が駆けつける」

「はい」

「いいかい、目に見える返り血は浴びていなくとも、竜太郎は人を殺したばかりだからね。それじゃ、花紅の台詞から」

パンと手を打つ音に続き、紅が「若様、お見事」と張り切った声を出す。バタバタという足音に合わせ、横たわる芹の全身に床の震えが伝わった。

「官兵衛……間に合わなかったか」

駆け寄った静の表情をここから見ることはできないが、心から友の死を悼んでいるような、低くかすれた声だった。

さっき、ちらりと見た感じじゃ、いまのお静さんは背を盗んでいない。

羽織袴に着替えたとたん、いきなり背が伸びるのに。どうしてお才さんたちはおかしいと思わないんだろう。

きっと昔から知っているので、本当は男だなんて思い付かないに違いない。芹ですら「まさか」と疑いながら、なかなか信じられなかった。

静は娘姿も美しいが、二本差姿も恰好がいい。

沈痛な表情で官兵衛の死を嘆く姿は、娘客の心を捉えるはずだ。俊たちだって静の扮する高山を見れば、「官兵衛様より素敵」と言い出すかも……。

不吉な考えが頭をかすめ、「それは嫌だ」と強く思う。

娘が男の芝居をするのが、少女カゲキ団の売りだもの。本来の姿に戻っただけのお静さんに負けるもんか。

床にじっとうつ伏せたまま、芹は鼻息を荒くする。

静が橋本屋の主人夫婦に娘として育てられたのなら、こっちだって幼い頃に男のふりを仕込まれた。

残念ながら娘らしさは、たぶん静に負けている。男らしさも負けてしまえば、こっちの立つ瀬がないではないか。

——いいか、役者は舞台の上なら何にでもなれる。芹はおとっつぁんの子だから、どんな役でも上手にできるさ。

芝居で一番肝心なのは、本物よりもそれらしく見えることだ——と思ったとき、芹はいきなり抱き起こされた。

「これで、おぬしは満足か」

静の悔しそうなささやきに、芹は思わず目を開く。仁の書いた台本にこんな台詞などなかったはずだ。

「ちょいと、死人が目を丸くしてどうすんのさ」

挙句、自分だけが叱られて、芹は眉間にしわを寄せる。「台本と違います」と文句を言えば、静が「だから何よ」と顎を突き出す。

「あたしが高山だったら、地べたにうつ伏したままの官兵衛を放ってなんておかないわ。仰向(あおむ)けにしてやって、手向(たむ)けの祈りを捧(ささ)げるわよ」

「ああ、はいはい」

言っていることはもっともでも、急に抱き起こさないでほしい。静が男と知っているから、なおさらびっくりしてしまった。

女同士じゃないからこそ、もっと気を遣ってよ。あたしは芝居の間中、動くに動けないんだから。

いきなり静に触れられると、痛いほど手首を摑まれて脅されたことを思い出す。そう口に出して言えない芹は腹の中で歯嚙みした。

息を吐いて気持ちを落ち着け、改めて仰向けに横たわる。続いて高山を演じる静が官兵衛の思いを口にした。

「おぬしが自分を探して飛鳥山に来ることなど、官兵衛は先刻承知しておった。やつは最初から斬られる覚悟で、そなたの前に姿を現したのだ」

「なぜ……官兵衛殿はそんなことを……」

「仇を討ち果たさない限り、おぬしは国元に帰れぬからだ。本当に非難されるべきは、おぬしの父、水上竜之進だというのに」

「冗談もたいがいにしてくだせぇっ。遠野官兵衛は乱心して、うちの旦那様を斬ったんですぜ」

ひとりだけ目を閉じていると、普段は見えないものが見えてくる。紅は口調や声の出し方がいかにも男っぽくなった。

でも、お紅さんの周りに中間なんていないわよね。さては、魚売りのしゃべり方を手本にしたのかもしれないわ。

いまどきの中間は渡り奉公がほとんどだと聞く。たとえ武家に仕えていようと、言葉遣いや身のこなしは棒手振りと大差ないだろう。

ひそかに感心していれば、すかさず静が言い返す。

「乱心ではない。水上竜之進は南条藩の禄を食む身でありながら、藩の秘密を幕府に密告しようとしていた。官兵衛はそのことを知り、殿と我ら藩士を守るために裏切り者の口を封じただけだ」

「ふん、馬鹿馬鹿しい。それが真実なら、やつの乱心は狂言だと？　そんな真似をしなくとも、藩のご重役にお知らせすりゃあすむ話じゃござんせんか」

「そうです。官兵衛殿とどういう仲か存じませんが、口から出まかせをおっしゃるのはおやめください」

「物わかりの悪いやつらだ。そのようなことをすれば、水上竜之進は切腹となり、おぬしは継ぐべき家を失うではないか」

聞こえよがしなため息の後、静は侮蔑を込めて吐き捨てる。一呼吸して、才の震える声がした。

「……では、官兵衛殿は私のために乱心を装って父を斬り、いままた私に斬られたというのですか」

「ああ、そうだ。おぬしと藩を守るために、官兵衛は己の命を捨てたのだ」

ひゅっと息を吞む音がして、場の空気が張り詰める。台詞だけを聞いていた芹は悪くないと思ったが、

「才花、その顔は何だい。竜太郎は初めて人を殺したあとで、仇討が間違いだったと知ったんだ。このあとの踊りで苦しい胸の内を語るにしても、いまこの瞬間は絶望しているはずだろう」

「……はい」

苛立つ師匠の声に驚き、芹はこっそり目を開ける。

見上げる才の顔はひどく困っているようだ。きっと、取り返しのつかない絶望がどんなものか、よくわからないに違いない。

おオさんは金持ちの家に生まれた苦労知らずのお嬢さんだ。そんな気持ちはわからなくて当然だよ。

芹は再び目を閉じて、自分が絶望したときのことを考えた。

母が父に有り金そっくり渡してしまい、店賃が払えなくなったとき。

薪炭問屋の杉浦屋の隠居に遠野官兵衛だとばれたとき。

男でないことがばれて、奥山の芝居一座を追い出されたとき。

いずれも目の前が真っ暗になったけれど、その都度必死に乗り越えた。乗り越える

ことができなかったら、自分はいまここにいない。

腹の中でうそぶいたとき、父の声がよみがえった。

――よせ、よせ。おめぇのような男女じゃ、いくら稽古をしたところで役者にも芸者にもなれやしねぇ。もっとかわいらしい見た目をしていりゃあ、吉原に売ることもできたのに、この役立たずの生まれそこないが。

あの言葉を聞いたときから、芹は役者になる夢を諦めた。思えば、あれも絶望を感じた瞬間だった。

「こら、死人は動くなと言っただろうっ」

突然、師匠の声が飛び、芹はびくりと身を震わせる。そして「すみません」と謝ってから、こわばった手足の力を抜いた。

才はその後、絶望する芝居を繰り返したが、なかなかうまくいかないらしい。息をひそめる芹の耳にため息混じりの声がした。

「才花、そりゃ泣きそうな顔だよ」

「お才ちゃん、竜太郎は元服前と言っても立派な武士なの。どんなに打ちのめされようと、めそめそ泣くような真似はしないわ」

「そんなことを言われたって……」

「あんただってやらかして、目の前が真っ暗になったことくらいあるだろう。そのときのことを思い出してごらん」

　ここがうまくできないと、高山だって立ち去れない。芹は自分のことを棚に上げ、進まない稽古に苛立った。

　竜太郎の父は南条藩の裏切り者で、斬られて当然の人物だった。

　官兵衛は竜太郎のためにあえて乱心を装って父を斬り、仇として竜太郎に討ち果たされた。それが真実だと知れば、竜太郎が絶望して自害してもおかしくない。

　というか、ここでしっかり絶望しないと、竜太郎の自害につながらないのよ。お才さんはその辺りをちゃんとわかっているのかしら。

　人前でじっとしているのは、思っていたよりはるかに疲れる。芹が進まない稽古に苛立ちを募らせていると、またもや師匠に叱られた。

「死体のふりなんて簡単だと思っていたら大間違いだよ。見物客の前で身じろぎすらしないってのは、そりゃ大変なんだから」

「……すみません」

「他の子の芝居がそんなに気になるのなら、脇で眺めていればいい。死体の瞼（まぶた）が震えていると、あたしの気が散るんだよ」

そのまま稽古場の隅に追いやられ、芹は内心憮然とする。

だが、自分の頭上でどんな芝居がされているのか、見たかったのも事実である。ここはおとなしく見物することにした。

稽古場に立つ三人は、官兵衛の亡骸がそこにあることにして芝居をする。芹は高山を演じる静から目を離さなかった。

水を得た魚ってこういうのを言うんだろうね。お静さんは娘の恰好をしているときよりも、ずっと活き活きしているよ。

供の女中を連れているときは、いかにも頼りないお嬢さんに見えた。あれは本来の姿を隠すため、大げさに芝居をしていたのか。

でも、あたしだって負けるわけにはいかないわ。高山の台詞を聞いた娘たちに涙の雨を降らせるためにも、仇討の踊りはしっかりやらなきゃ。

そして、静が問題の台詞を口にした。

「ああ、そうだ。おぬしと藩を守るために、官兵衛は己の命を捨てたのだ」

その瞬間、才が浮かべたのは困惑の表情だった。

いままでさんざん駄目出しをされ、どんな顔をすればいいのかわからなくなってしまったらしい。見かねて仁が立ち上がる。

「お才ちゃん。それは絶望じゃなくて、困っている顔だわ」

「悪かったわね。そんなに文句ばかり言うのなら、お仁ちゃんがお手本を見せてちょうだい。あたしだって懸命に芝居をしているんだから」

師匠の小言は受け入れても、同い歳の仁の言葉には反発を覚えるようだ。怒った才に言い返されて、仁は口を尖らせる。

すると、静が手を挙げた。

「だったら、あたしがお仁ちゃんの代わりに竜太郎をやってみます。お師匠さん、それでもいいですか」

「ああ、試しにやってごらんな」

師匠はあっさり承知して、「お芹」と呼ぶ。「はい」と答えて立ち上がると、「静花が竜太郎をやるから、あんたは高山をやっておあげ」と言われてしまった。

「才花に高山をやらせたら、静花の竜太郎を落ち着いて見られないだろう」

「お、お師匠さん、あたしはそんなつもりで手本を見せろと、お仁ちゃんに言ったわけじゃありません」

才はとまどいもあらわに師匠を止めようとする。だが、師匠は「いい機会だよ」と手を振った。

「この『忍恋仇心中』は仇討物と見せかけた心中物だ。竜太郎はここで官兵衛への恋心を認めると同時に、自分もまた官兵衛に深く思われていたことを知る。ここが『仇討の場』の肝だからね」

その後、竜太郎は官兵衛への思いを踊りで表現してから自害する。「仇討の踊り」が官兵衛の竜太郎に対する思いなら、「自害に至る踊り」は竜太郎がその思いに応えたものだと締めくくった。

「静花とお芹もそのことを頭に入れてやるんだよ。この際、台詞は多少違っていても構わないから」

思いがけない成り行きに、才はうつむいて黙り込み、紅も不満そうな顔をする。それでも、中間役をやらないとは言わなかった。

何だか妙なことになったものの、芹は内心わくわくしていた。実は一度、静と並んで芝居をしてみたかった。

しかも、あたしが高山だなんて……ここはぜひともお手本を生意気な年下に見せつけないとね。

ずっと死んだふりをしていた芹は、頭の中で高山の台詞を反芻した。

「官兵衛……間に合わなかったか」

稽古場の隅から勢いよく駆け寄って、なるべく悲痛な声を出す。そのまま三人で芝居を続け、芹は問題の台詞を吐き捨てる。

「ああ、そうだ。おぬしと藩を守るために、官兵衛は己の命を捨てたのだ」

さあ、どんな顔をする——そんな思いで静を見て、芹は知らず目を見開く。

静は表情がすべて抜け落ちた能面のような顔をしていた。

顔はこっちに向いていても、その目は何も映していない。その耳も鼻も口も動きを止めているようだ。

竜太郎はこの世のすべてを拒絶した——そう思える表情だった。

そんな静に圧倒されて、芹は次の台詞が出てこなくなる。口を半開きにしていたら、

「ふざけるなっ」と紅に怒鳴られた。

「旦那様は立派な武士だ。藩を裏切るようなお人じゃねぇ。おめぇさんの言うことなんか嘘っぱちに決まってらぁ」

怒り心頭と言わんばかりに、台本にない台詞をまくしたてる。おかげで芹も我に返り、思いついた言葉を口にした。

「嘘だと思うなら、それでもよい。官兵衛からは口止めされていたことだ」

そしてこの場を立ち去るべく、横目で静の顔を見る。

父をかばう中間の言葉に気を取り直した様子もない。そこには確かに、ある種の絶望がうかがえた。

「三人とも、そこまで」

師匠の声が稽古場に響き、芝居をしていた芹たちは口からゆっくり息を吐く。恐る恐る師匠の顔をうかがえば、満足そうな笑みを浮かべていた。

「花紅、なかなかいい機転だったよ。うまい具合に台詞を忘れたお芹を助けてやったじゃないか」

「はい、とっさに声が出て」

「頼もしいね。本番もその調子でやるんだよ。それから、お芹」

「は、はい」

「試しにやれと言ったんだから、うるさいことは言わないさ。でも、いまの芝居はいただけないね」

最後の台詞でしくじったけれど、他は悪くなかったはずだ。そんな不満が顔に出たのか、師匠の眉が跳ね上がる。

「いまの芝居は見せつけてやろうって感じが鼻についた。押しつけがましい調子で遠野官兵衛をやられたら、せっかくの贔屓が逃げていくよ」

　心当たりがあるだけに、気まずくなって目を伏せる。芹が「すみません」と謝ると、師匠は「静花」と静を見た。

「自ら手本をやると言っただけのことはある。あんたの竜太郎はちゃんと絶望しているように見えたよ」

「ありがとうございます」

「でもねぇ」

　師匠が顎に手を当てて話を続けようとしたところで、八ツを告げる鐘が鳴り出した。

「おや、もうこんな刻限かい。静花は帰る支度をおし。才花もいまの芝居を見て、思うところがあっただろう」

　仁と並んで静の竜太郎を見ていた才の顔色は悪かった。かろうじて「はい」と答えた声は心配になるほど力がない。

　自分はさんざんやり直しをさせられたのに、年下の静はたった一度で師匠に認められたのだ。あくまで試しだったとしても、我が身が情けないのだろう。芹は稽古場を去る静を気にしつつ、才を心の中で励ました。

　お才さん、気にしなさんな。お静さんはいつも嘘をついているせいで、芝居がうまいだけなんだから。

それは、芹が自分自身に言い聞かせる言葉でもある。今日は静にいいところをすべて持っていかれた。

せめて、これからの踊りの稽古で挽回しようと思ったとき、師匠が疲れた様子で首を回した。

「さて、こっちも一息入れようか。才花、茶の間の煙草盆を持ってきておくれ」

「あたしはお茶をお持ちします」

少しでもいいところを見せようと、芹がすかさず申し出る。「だったら、熱いのを頼むよ」と遠慮なく言われてしまった。どうやら、作り置きの麦湯ではお気に召さないらしい。

冷たさがごちそうとなるこの時期は、火鉢を使っていないのでお湯も沸いていない。腰をかがめて竈の火を熾していると、仁が台所にやってきた。

お仁さんてば、気が利くわ。手伝いに来てくれたのね。

芹は喜んで振り返り、相手の表情を見て首をかしげた。

「お仁さん、どうかしたの」

「ねえ、あたしが言ったことを覚えていないの」

「えっ」

「周りが不審に思うから、じろじろ見ないでって言ったでしょう。それなのに今日も稽古の間中、お静ちゃんばかり目で追うなんて」

　怒りもあらわに睨まれたが、それは言いがかりというものだ。

　こっちは一緒に芝居をしている。静だけ見ないわけにはいかないと言い訳しても、仁は聞く耳を持たなかった。

「お静ちゃんの秘密は、どうしてもお才ちゃんたちに言えないの。お願いだから、もっと気を付けてちょうだい」

「お仁さん、ちょっと落ち着いてよ」

　仁は芝居と静のことだと人が変わってしまうらしい。芹は目の色を変えて詰め寄る相手に辟易（へきえき）した。

「ここでそんな話をするほうがよっぽどまずいわ。いつお才さんたちの耳に入るかわかりゃしない」

「何が『お才さんたちの耳に入るかわからない』の」

　後ろから高い声がして、芹の肩がびくりと揺れる。恐る恐る振り向けば、台所の入口に紅と才が立っていた。

「お茶を淹（い）れるのを手伝おうと思って来たんだけど、お邪魔だったみたいね」

才は顎を突き出して、射るような目で仁を見る。一番恐れていた成り行きに芹はうろたえ、仁の顔から血の気が引いた。

「二人とも、あたしたちに言えないお静ちゃんの秘密って何なのよ。ここまで聞いてしまったら、言い逃れなんてさせないわ」

紅の鼻息が荒くなり、仁はよろめいて後ろに下がる。才はいつもと違う仁を見て、片眉を撥ね上げた。

「付き合いの長さなら、あたしやお紅ちゃんのほうがお芹さんより上でしょう。なのに、どうしてあたしたちには言えないの」

「…………」

「どんな秘密か知らないけれど、ずいぶん水臭いじゃない。あたしとお紅ちゃんはそんなに信用できないかしら」

恨めしそうな才の言葉に仁はうつむいてしまっている。

そんな才と仁の間に挟まれて、芹は困って目を泳がせる。仁に助け船を出すべきかもしれないが、何と言えばいいのやら。

こうなるとわかっていたから、早く打ち明けろと言ったのに。お仁さんには悪いけど、自分で何とかしてちょうだい。

心の中で手を合わせ、芹は竈のほうに向きなおった。

「あたしたちは少女カゲキ団という秘密をみなで抱えているの。それなのに、あたしとお才ちゃんには言えないってどういうことよ」

「少女カゲキ団は一蓮托生でしょう。お芹さんの正体がばれかけたときだって、みなで解決したんじゃないの」

二人がかりで責め立てられて、仁の顔色がいよいよ青くなっていく。さすがに気の毒になったとき、仁がようやく口を開いた。

「お紅ちゃんもお才ちゃんも、そんなにむきにならないで。とってもくだらないことなんだから」

仁は作り笑いを浮かべ、才と紅を交互に見た。

「あたしが二人に言ったことは、お静ちゃんには内緒にしてね」

「ええ」

「実は、お静ちゃんのお尻にはいまも青いあざがあるの。お芹さんはたまたまそれを知ってしまったのよ」

その言葉に眉を寄せたのは、才と紅だけではない。芹も呆気に取られて、口を半開きにしてしまった。

「何よ、それ」

「お芹さんがいつお静ちゃんのお尻を見たっていうの」

より不機嫌になった紅を抑え、才が努めて穏やかに尋ねる。仁は開き直ったようにそっぽを向いた。

「それはあたしも知らないわ。お芹さんに聞いてちょうだい」

いきなりお鉢が回ってきて、芹は内心飛び上がる。こちらの胸の内を知ってか知らずか、才はじっと芹を見た。

「お芹さん、いまの話は本当かしら」

「それは……」

「いつものお仁ちゃんなら、そういうことを隠したりしない。むしろ面白がって吹聴するはずよ。ねえ、お静ちゃんにはどんな秘密があるの」

　できれば、ここで正直に打ち明けてしまいたい。

　しかし、仁はこっちを睨んでいるし、男だとばれたら静の命が危ないという。芹が鏡の前の蝦蟇（がま）の気分を味わっていると、煙管（キセル）片手に師匠までやってきた。

「あんたたちは四人もいて、まだお茶のひとつも淹れられないのかい」

師匠の嫌みに動じることなく、紅が言い返す。

「お師匠さん、それどころじゃありません」

「お仁ちゃんとお芹さんが隠し事をしているんです。それもお静ちゃんのことですって。あたしとお紅ちゃんだって少女カゲキ団の仲間なのに、仲間外れにするなんてひどいと思いませんか」

才の文句を聞きながら、師匠がちらりと仁を見る。

芹は生唾を呑み込んだ。

師匠は静の秘密に関わりたくないと言っていた。ここは何と言ってごまかすだろうと思っていたら、

「そうだねえ、初対面のお俊さんを信じておいて、長い付き合いのあんたたちを信じないとは失礼な話だよ」

ひとまず、師匠は才たちの味方をする。仁は黙ってうつむいた。

「とはいえ、当人のいないところで、根掘り葉掘り聞くのも失礼じゃないか。誰だって人には言えない秘密のひとつや二つはあるもんさ。それを無理やり暴くのは野暮の極みってもんだろう」

一転、穏やかに諭されて、才と紅は束の間口ごもる。これで幕引きかと思いきや、やがて才が口を開いた。

「お言葉ですが、お静ちゃんはあたしたちの秘密——少女カゲキ団であることを無理やり暴いたんですよ。そして仲間に加わったのに、自分の秘密は内緒だなんて身勝手すぎやしませんか」

「さては、お師匠さんもその秘密を知っているんでしょう。だから、お仁ちゃんの肩を持つんじゃないですか」

筋の通った才の言い分と意外と鋭い紅の文句に師匠は苦笑する。それを見た紅はさらに目を吊(つ)り上げた。

「ほら、やっぱり。どうして、あたしとお才ちゃんだけ仲間外れなんですか」

「お芹さんの正体がばれそうになったとき、あたしは否応(いやおう)なしに巻き込まれました。お静ちゃんがあたしたちを信用しないなら、一緒に芝居はできません。共にひとつの嘘をつくためには、信頼し合うことが肝心ですから」

それでなくとも、新たに少女カゲキ団の秘密を知る者が増えたのだ。仲間内の秘密は困ると、才は一歩も引こうとしない。

師匠は諦め顔で頭を振った。

「こりゃ、白状するしかなさそうだねぇ」

「お師匠さん、後生ですから言わないでっ」

仁が泣きそうな顔で頼んだが、師匠の口は止まらなかった。

「静花の秘密はね、女じゃないっていうことさ」

「女じゃないって、そんな馬鹿な」

あまりにも馬鹿馬鹿しくて、「尻が青い」と変わらない――才はそう言って笑ってから、師匠の顔を見て口を閉じた。

紅は「まさか」と呟くと、いまにも倒れそうな仁を見る。

「お仁ちゃん、お師匠さんの言ったことは本当なの」

苦しげな表情のまま返事をしない仁を見て、才は台所から飛び出していく。紅が慌てて後を追い、芹は迷った末に竈の火を消してから二人の後を追いかけた。


「お静ちゃん、ちょっと待って」

振袖姿に戻った静を、袴を脱ぎ捨てて帯をおざなりに結んだ才が大声で呼び止める。

静は草履（ぞうり）に入れかけた足を止め、怪訝（けげん）そうに振り向いた。

「見送りだったらいらないわ。どうぞ稽古をしてちょうだい」

「それどころじゃないわ。いますぐ確かめたいことがあるから、帰るのはちょっと待ってちょうだい。お兼、あたしの話はすぐに終わるはずだから、橋本屋の女中さんと初音で待っていて」

控えの間から出てきた兼は理由も聞かずにうなずいている。だが、橋本屋の女中たちは「困ります」と訴える。

「それでは、お嬢さんのお帰りが遅くなります」

「お話がおありでしたら、次のお稽古のときになさってくださいまし」

着崩れた着物のせいで札差大野屋の娘と気付かないのか、二人は一歩も引こうとしない。

一方、才は文句を言う女中たちに目もくれず、静をじっと見つめている。着替えに手間どった紅は遅れて才の隣に立ち、不安そうに静を見た。

「お静ちゃん、もしこのまま帰るなら、二度と稽古には来なくていいわ」

「そうよ。あたしとお才ちゃんは一生口をきかないから」

二人の姿と剣幕にただならぬものを感じたらしい。静は観念したように「お才ちゃんの言う通りにして」と女中に頼んだ。

「そんなに待たせないはずだから、お茶でも飲んでいてちょうだい」

「いいえ、あたしたちはこのままお待ちします」

「そうですよ」

女中たちは異を唱えたが、静は首を左右に振る。そして、兼に頭を下げた。

「お兼さん、うちの奉公人を頼みます」

「承知しました」

兼は短く応えると、二人の女中を強引に連れ出す。芹も着替えてきたものの、そのまま静、才、紅の後について稽古場へ戻ることになった。

「一体何だって言うの。うちの女中たちまで追い払って」

静は稽古場に正座すると、顔色の悪い仁を横目に問いかける。才がしばしためらうと、横から紅が代わって聞いた。

「お静ちゃんが男っていうのは本当なの」

単刀直入な問いかけにも静は動じなかった。無言で稽古場に居並ぶ顔を確かめ、ふてくされたようにそっぽを向く。

その開き直った態度に苛立ったのか、才はいきなり静の懐に手を突っ込む。静はぎょっとした様子でその手を払った。

「ちょ、ちょっと、いきなり何をするの」

「……本当に、男だったのね」

自分で静の胸に触り、ようやく信じられたらしい。才は呆然（ぼうぜん）と呟いた。

紅は「この嘘つきっ」と静を睨み、静は「だったら、何よ」と睨み返す。そこに師匠が割って入った。

「大きな声を出しなさんな。静花だって自ら望んで生まれたときから女のふりをしていたわけじゃないだろうさ」

「で、でも……男だと知っていたら、少女カゲキ団に入れなかったわ」

娘が男の恰好をするから、少女カゲキ団なのだ。男が男の恰好で芝居をしたら、それはただの芝居だろう――紅の言い分に才もうなずく。

「お静ちゃんが並外れて箱入りなのは、そのせいだったのね。人前に出て、男だとばれないように」

「……そうよ」

「きっと、よほどのわけがあるのでしょうね。それは気の毒だと思うけど、男だとわかったからには一緒に芝居はできないわ」

「ちょっと待って、お才ちゃん。いきなりそれはないでしょう」

仁が慌てて文句を言うが、才は首を左右に振った。

「あたしたちは少女カゲキ団よ。娘一座として世間に知られている以上、男を入れるわけにはいかないの」

問答無用で追い出しにかかる才を見て、芹は眉間にしわを寄せる。

その言い分はわかるけれど、あまりに頭ごなしだろう。

静はさらなる言い訳を諦めたのか、才を冷めた目で見つめている。仁がかばうように前に出た。

「身体は男でも、お静ちゃんは生まれたときから女として育てられたのよ。あたしたちと変わらないわ」

「お仁ちゃんは最初、お静ちゃんが少女カゲキ団に入ることに反対していたわよね。あれはお静ちゃんが男だと知っていたからでしょう。いまはどうして、辞めさせることに反対するの」

かつての言葉を逆手に取られ、とうとう仁も黙り込む。

――お才ちゃんは身分の高いお武家様との縁談が決まったのよ。お静ちゃんが男と知ったら、一緒に芝居なんてできないわ。

前に仁が案じていたのは、こういうことだったのか。

芹は納得する傍ら、責められる静に昔の自分を重ねていた。

――このガキ、よくも騙しやがって。

――女を舞台に上げるなんて、冗談じゃねぇ。

——万吉の野郎、ふざけた真似をしやがって。

父によって預けられた浅草奥山の芝居一座。

あのときはまだ幼くて、泣きながら謝ることしかできなかった。

だが、いまは自分の思いを口にすることができる。芹は両手を握りしめた。

「もう、男だって女だっていいじゃない。役者は持って生まれた姿を変えて、役になりきるものなんだから」

ひとたび舞台に立てば、動物はもとより、幽霊や鬼、神仏にもなるのが役者である。

人外だって演じる身に、人間の男女の別をこだわる意味などないだろう。

「お才さんやお紅さんも『女は駄目だ』と言われるのにうんざりして、男姿の娘一座を始めたんでしょう。『男は駄目だ』と言ってお静さんを追い出したら、天に唾するようなものじゃないか」

自分がやられて嫌なことは、他人にもやるべきではない。

当たり前のことを言ったのに、静が切れ長の目を剝いてこっちを見る。才と紅は目を瞬き、師匠はなぜか笑い出す。

「なるほど、お芹の言う通りだね。役者は偽りを演じるから、本当の姿なんてどうでもいいか」

「お師匠さん、いい加減なことをおっしゃらないでください」

「そうですよ、少女カゲキ団に男がいると知られたら……」

師匠の笑い声で我に返ったのか、才と紅が文句を言う。芹が言い返そうとしたら、笑顔の師匠にさえぎられた。

「あたしたちが黙っていたら、静が男だなんて見物客にはわかりゃしないよ。少女カゲキ団は娘一座なんだから」

「でも、お静ちゃんの高山を見れば、本物の男だと疑う人が出てきても」

才が「おかしくない」と続ける前に、静が言った。

「お仁ちゃんに聞いたけど、お才ちゃんは身分の高いお武家様と縁談があるそうね。もしも少女カゲキ団の水上竜太郎だとわかったら、きっと大騒ぎになるわ。せっかくの縁談も流れてしまうんじゃないかしら」

小首をかしげて言われた言葉はどう考えても脅しだろう。とたんに青くなった才のために、紅が目を吊り上げた。

「よくそんなことが言えるわね。元はと言えば、お静ちゃんが嘘をつくからいけないんでしょう」

「望んで、ついた嘘じゃないっ」

紅の言葉にかぶせるように、静が傷ついた声を出す。そして、ぽつりぽつりと自分の生い立ちを語り出した。

生まれたときから娘として育てられ、自分は女だと信じていた。そうではないと知ったのは、行水をする男の子を見たときだとか。

「あたしが『女の子が裸になって恥ずかしい』って言ったから、おっかさんは本当のことを教えてくれた。どうして女のふりをしないといけないのかは、はっきり教えてくれなかったけど」

幼い頃は、男女の見た目の違いはあまりない。しかし、外で怪我(けが)をしたり、具合が悪くなったりしたら、着物を脱がされることもある。静はそれを避けるため、とことん箱入りで育てられた。

習い事は師匠のほうから橋本屋に出向いて一対一で教えてもらう。唯一、踊りの稽古だけが例外だった。

「お茶室はうちにあるけれど、板敷きの稽古場はさすがにないもの。外に出られることが増えてうれしかったけど、おさらい会には出られなかった。大店の主人は目の利く人が多いからって」

「橋本屋のおじさんは、どうしてそこまでして……」

才が呟き、「しまった」という顔をする。

詮索しないつもりでいたのに、うっかり口が滑ったようだ。紅はさっきまでの勢いはどこへやら、ごくりと唾を呑み込んだ。

「おとっつぁんもおっかさんも、あたしと二人きりになるとすまなそうな顔をするの。だから、お才ちゃんやお仁ちゃんが『男に生まれたかった』と言うたびに、腹が立って仕方がなかったわ」

男に生まれたかった女と、女に生まれたかった男。

互いに「ないものねだり」と片付けるのは簡単だが、芹はそんなふうに割りきれない。自分の抱えた傷の痛みは自分にしかわからないものだから。

「あたしが少女カゲキ団に入ったのは、人前で男の恰好がしたかったから。これが自分のあるべき姿だ、ここでなら男の姿も許されるって……それなのに、少女カゲキ団からも追い出されるの？　だったら、あたしは……俺はどこに行けばいい。どこなら俺を受け入れてもらえるのか、教えてくれっ」

言葉を絞り出すうちに、静の言葉遣いが変わっていく。

思いつめた切れ長の目から、こらえきれずに涙がこぼれる。才と紅は気まずそうに目を背け、芹は正面から見つめ返した。

「心配しなくても、少女カゲキ団から追い出したりしないって。そんなことをしたら、高山をやる人がいなくなるし、お静さんが用意した鬘と衣装だって無駄になるもの。お才さん、お紅さん、そうでしょう」

「……ここまで来たら、それしかないわね」

「お才ちゃんがそれでいいなら……」

いかにも不本意そうな二人に芹は苦笑いする。仁はひどく落ち着かない様子で静と才の顔を見比べていた。

## 幕間(まくあい)二　橋本屋久兵衛(きゅうべえ)の後悔

商いに情けは禁物だ。

それが久兵衛の父、薬種問屋橋本屋の先代の口癖だった。ついでに、「おまえは商人に向いていない」とよく言われたものである。

――金貸しが貧乏人に同情していたら、己が金を借りる立場に陥(おちい)るだけだ。薬屋だって同じこと。病人や医者を憐れんでその都度払いを待ってやれば、すぐに店が傾いてこっちの命が危うくなるぞ。

薬種問屋の商売相手は、主に医者と薬屋だ。

しかし、薬を買えない貧乏人が飛び込んでくることもままあった。

――おとっつぁんが死にそうなんです。お金はあとで必ずお支払いしますから、人参を譲ってくださいまし。

数ある薬の中でも、人参は特に高価である。

貧乏人には手が届かないため、馴染みの薬屋では相手にされなかったのだろう。暖簾を頼りに、ここへ飛び込んできたに違いない。

だが、そういう相手にほだされてはおしまいだと、久兵衛は邪険に追い払った。そのせいで「血も涙もない」などと陰口を叩かれることもあるが、ずっと父の言いつけを守ってきた。

――一度誰かに恵んでしまうと、薬を買えない貧乏人が山のように押しかけてくる。もし「人でなし」と罵られたら、ほめ言葉と思え。

父はお人好しでほだされやすい息子の性分をよく知っていた。いまは自分が父として、跡を継ぐ息子にそう言っている。

本当は先代である父だって、情の深い人だった。

甘い息子に教えるふりで、「商いに情けは禁物」と我が身に言い聞かせていたのだろう。その反動か、父は近所に住む野良猫と娘の小夜をかわいがった。野良猫は気が向いたときだけ構えばいいし、娘は嫁に出すからだ。

その小夜が若くして亡くなると、父も数年後に死んでしまった。当時はそんな父を恨めしく思ったが、いまとなっては「無理もない」と思う。

私だってお静に先立たれたら、先の望みなんてなくなるだろう。逆縁は一番の親不孝と言うが、本当だよ。

静は小夜の産んだ子で、本来ならば久兵衛の甥にあたる。

しかし、静が生まれたときから実の娘として育ててきた。どうか守ってやってくれと、亡き妹と両親から頼まれたのだ。

父として、心から静の幸せを願っている。

しかし、何が静の幸せなのか。このままずっと女として、世間の目を欺いて生きることではないはずだ。

今年に入って、久兵衛はそのことを頻繁に考える。そしてその都度、頭が痛み出すのが悩みの種だ。

ここは下手に辛抱せず、薬を飲んだほうがよさそうだね。片頭痛には呉茱萸湯だが、あの苦みはいただけない。ここは葛根湯にしておくか。広く風邪薬として知られる葛根湯だが、頭痛はもちろん、解熱や咳止め、じんましんなどにも効く。しかも薬効が穏やかなので、医者の中にはあらゆる病に葛根湯を処方する藪もいる。

　久兵衛は声を上げて女中を呼び、薬の用意を命じたのだが、

「どうして、おまえが持ってくる。おまけに、これは呉茱萸湯じゃないか。私が頼んだのは葛根湯だよ」

　薬を運んできた妻の冬に顔をしかめて文句を言う。

　ところが、妻は微笑んだ。

「おまえさまは頭が痛くて薬をお飲みになるのでしょう。だったら、こちらのほうがようございます」

「勝手なことをするんじゃない。私は薬種問屋の主人だよ。薬のことなら、おまえよりもよく知っている」

「私はおまえさまの妻ですよ。夫の身体のことでしたら、誰よりも承知しております。どうせ苦い薬を飲みたくなくて、葛根湯でごまかすことにしたのでしょう」

子供じみた考えを見事に言い当てられてしまい、久兵衛は無言で妻を睨む。それで

も、冬はどこ吹く風だ。

「薬種問屋の主人が薬を前にそんな顔をなさいますな。奉公人には母屋にしばらく近づくなと言ってありますけれど」

「……医者だろうが薬屋だろうが、苦いものは苦い」

梅干を見ると口に唾がわくように、苦い薬を飲めば眉が寄り、口がへの字に曲がるものだ。「良薬は口に苦し」というが、その味をわかっていればこそ飲みたくない。

一方、冬は自ら手を伸ばそうとしない久兵衛に呆れたらしい。「でしたら、勝手になさいまし」と突き放した。

「どうせ、これからする話を聞けば、もっと頭が痛くなるでしょうから」

「何だと」

「おまえさま、お静をどうなさるおつもりです」

夫婦も長く連れ添うと、夫に遠慮をしなくなる。

妻は初めからそのつもりで、人払いをしておいたのだろう。単刀直入に切り出され、久兵衛はさらに苦い顔をした。

「あの子が踊りの稽古を増やしたせいで、『身体が弱くて嫁にいけない』という言い訳も通用しなくなってまいりました。縁談もひっきりなしに舞い込んで」

「それくらい言われなくてもわかっている」

「だったら、どうして手をこまねいていなさるんです。今日なんて生糸問屋の橘屋さんの御新造が嫁に欲しいと参られました。若旦那が通りすがりにお静を見初め、身元を調べたそうですよ」

「おい、それは初耳だぞ」

橘屋と言えば、日本橋本町に店を構える大店である。久兵衛が腰を浮かせると、冬に横目で睨まれた。

「知らなくて当たり前ですよ。おまえさまが出かけていた今日の昼前にいらしたんですから。あたしは娘時分、あちらの御新造とお茶のお師匠さんが一緒だったんです。おかげで、内々においでになってよござんした」

「それで、おまえは何と答えた」

「もちろん、『夫が戻ったら相談します』とあずかりました。お静は身体が弱くて、とても子は望めないとも言いましたけど、あいにく若旦那がすっかりのぼせているそうで……御新造も『橋本屋のお嬢さんを見初めるなんて、我が子ながら目が高い』と笑っていなさいました」

「……そうか」

「そうかじゃありませんよ。橋屋さんとの縁談は断るしかありませんが、きっと先方に恨まれるでしょう。そんなことが度重なれば、いずれ橋本屋の商いに障りが出るようになりますよ」

恐れていたことが現実になり、冬からあらかじめ言われた通り、久兵衛の頭がいよいよ激しく痛み出した。

「だから、最初に言ったじゃありませんか。男の子を女の子として育てるなんて無理がある。早めに女の赤子を引き取り、お静と入れ替えたほうがいいって」

「いまさらそんなことを言っても仕方があるまい。あのときは、女の赤子なんて手に入らなかったんだ」

「とか何とか。どうせ、かわいい妹の忘れ形見を手放したくなかっただけでしょう。いまだって往生際悪くこの家に縛り付けて。気の毒なのは、いつまで経（た）っても振袖を脱げないお静ですよ」

「………」

言われっぱなしは面白くないが、ここで下手なことを言えば、倍になって返ってくる。用心深く黙っていると、冬はこちらに膝を進めた。

「いくら女顔負けのきれいな顔をしていても、お静だって遠からずひげも生えるし、喉仏だって出てまいります。今日を最後に、踊りの稽古はやめさせましょう」

「だが……」

めったに出歩けない静にとって、踊りは唯一の息抜きだ。

本来十五の少年は活発に動き回るものである。いつも家に閉じ込めて、さらに踊りまで取り上げたら、さすがに気の毒ではないか。

「踊りの稽古で無理をして、怪我をしたことにいたします。下手にこのまま通い続けて、間違いが起きては困りますから」

「おい、間違いとは何のことだ。お静が危険な目に遭ったのか」

そんなことは聞いていないといきり立てば、冬がこれ見よがしに嘆息した。

「おまえさまという人は、男のくせに鈍いこと」

「おい、もったいぶらずに早く言え」

「東流には女弟子しかおりません。踊りの稽古に行けば、あの子は年頃の娘たちに囲まれるんです。そこでうっかり妙な気を起こしたら、どうなさいます」

まさか、妻の口からそんな言葉が飛び出すとは。

思いがけない心配に久兵衛は目を丸くする。そして、「いくら何でもそれはない」と邪推する妻を窘めた。

「そんなことをすれば、女でないことがばれてしまう。生まれてからずっと守ってきた秘密を自ら明かしてしまうほど、お静は愚かではないぞ」

「でも、若い男は我慢がきかないというじゃありませんか」

息子を産み育てているせいか、冬は顔色も変えずに言い放つ。久兵衛はため息混じりに頭を振った。

「女と違い、男の十五はまだ子供だ。まして、お静は歳のわりに育ちが遅い」

あの身体つきで男としての欲に目覚めているとは思えない。久兵衛が苦笑すると、冬はむきになった。

「だとしても、もう限界です。あの子は病気療養という名目で、熱海にでもやりましょう。そうすれば、縁談も来なくなります」

江戸から離れれば、静は男として生きていける――養い子を思う冬の言葉に久兵衛はうなずいた。

「おまえの言いたいことはわかる。だが、お静は根っからの世間知らずだぞ。私たちの目の届かないところにやって、何かあったらどうする気だ」

「だからって、一生あの子を手元に置くことはできません。田舎で男として暮らすのですから、心配なんて無用ですよ」

「それは……」

静が男だと知っていても、頭に浮かぶのは可憐（かれん）な娘姿だけだ。男の姿を無理に想像しようとすると、陰間（かげま）のようになってしまう。

せめて、あと一年は手元に置いたほうがいいのでは――口に出さない思いを察したように、妻の目つきが険しくなった。

「おまえさまもいい加減に覚悟を決めてくださいな。あの子だって来年は十六です」

育ての母は養い子の変化を感じ取っているのだろう。久兵衛だって、妻の言うことが正しいと頭ではわかっている。

それでも、覚悟が決まらない。

我が子として育てた甥は、若くして死んだ妹にあまりにもよく似ていた。

妹の小夜は正真正銘身体が弱く、器量のいい娘だった。

両親は薬種問屋という商売柄、高価な薬を惜しげもなく娘に与え、風にも当てずに大事に育てた。その甲斐（かい）あって小夜は無事成長し、いまの静のように数多くの縁談が舞い込んだ。

しかし、小夜はおとなしく、言いたいことも言えない性質だった。

果たしてこのまま嫁に出して、立派に御新造が務まるのか。うるさい姑（しゅうとめ）や奉公人とうまくやっていけるのか。両親は愛娘の将来を心配して、鍋島(なべしま)家の江戸屋敷で行儀見習いをさせることにした。

大名屋敷で学んだ行儀作法なら、うるさい姑や小姑でも文句をつけられないだろう。小夜も己に自信がつき、言い返せるようになるはずだ。

そして、お屋敷奉公を始めたところ、小夜はわずか半年で逃げるように戻ってきた。怯(おび)える理由を問いつめれば、殿様のお手が付いて身籠(みごも)ったという。

鍋島家の当主はまだ跡取りに恵まれていなかった。もしも男子が生まれれば、お世継ぎ様ということになる。本来ならば喜ばしいことなのに、身重の小夜はひたすら恐れおののいていた。

——御正室様はたいそう悋気(りんき)の強い方なの。あたしのような町人が殿様の子を身籠ったことをお知りになれば、殺されるわ。

——あたしはお世継ぎなんて欲しくない。お腹(なか)の中にいるのは女の子よ。

小夜は血走った目つきでそう繰り返し、両親と久兵衛はなだめることしかできなかった。

そして月満ちて、難産の末に生まれたのは皮肉にも男の子。

だが、いまにも息絶えそうな妹にそんなことは言えなかった。母が「おまえによく似た女の子だよ」と伝えると、小夜は安堵の笑みを浮かべて久兵衛の傍らにいた冬の手を取った。

――義姉さん、この子を頼みます。お屋敷には渡さないで。

最後の力で言い残し、とうとう息を引き取った。

鍋島家の家臣が橋本屋に来たのは、小夜の初七日が過ぎた頃だった。御典医の原田芳安が殿様の耳に入れたのだろう。

強面の武士は小夜の位牌に手を合わせてから、橋本屋の面々を見回した。

――お生まれになったのは姫君だそうだな。どちらにおられる。

会わせないわけにはいかないが、本当に女児なのか検められたらどうしよう。

不安を覚えつつ案内すれば、武士は寝ている赤ん坊を一瞥しただけだった。それから「ここだけの話」と前置きして、「殿はいま病の床におられる」と声をひそめて打ち明けた。

――小夜殿のことは殿のおそば近くに仕えるわずかな者しか知らぬ。いま姫を屋敷に引き取れば、大きな騒ぎとなるだろう。殿の病が快癒されるまで、姫の素性を隠してここで養育してもらいたい。

こちらは言われなくともそのつもりで、冬はあらかじめ身籠ったふりまでしていたのだ。それでも、久兵衛は先方の勝手な言い分に憤った。

どれだけ具合が悪いか知らないが、小夜が命と引き換えに産んだ我が子をひと目見たいと思わないのか。騒ぎになるのが嫌だというなら、行儀見習いの若い娘に手を付けなければよかったのだ。そうすれば、妹だって命を散らさずにすんだのに。

そう面と向かって罵りたくても、相手は大名家の殿様だ。たかが町人の分際では顔を合わせることさえできない。

やりきれない思いをこらえて「かしこまりました」と頭を下げる。あとには袱紗に包まれた金子だけが残された。

そのときの恨みが祟ったわけではないだろうが、殿様はその後も回復せず、翌年には亡くなった。しばらくして御殿医の原田から「鍋島家は殿様の弟が継いだ」と教えられた。

以来、久兵衛は小夜に代わって、静の命を守ることだけを考えてきた。

そのためには、自分の目の届くところにいてほしい。小夜は橋本屋を出て屋敷奉公をしたせいで、人生を狂わせてしまったのだ。

しかし、本来の性を偽ることで、静の人生をも狂わせているのなら……。

冬の睨みに負ける恰好で、久兵衛は折れた。

「踊りの稽古をやめさせたら、お静はがっかりするだろうな」

「仕方ありません。男に戻るために必要なことですもの。それがわかれば、あの子だって喜ぶに決まっています」

これで話は決まったと、冬は晴れ晴れとした表情で腰を上げる。ひとり残された久兵衛は、冷めてしまった薬湯をひと思いに飲み干した。

静が帰ってきたら、さて何と切り出そうか。

日頃聞き分けのいい静が「どうしても」と願ったことだ。頭ごなしに「踊りの稽古はやめろ」と言っても、聞き入れないに違いない。

まず縁談の話を先にして……それとも鍋島家の話を引き合いに出したほうがいいだろうか。

商売そっちのけで考えていた久兵衛は、静の帰りがいつもより遅いことに気付かなかったが、

「お静、どうして今日はこんなに遅いの」

玄関先から聞こえる冬の声に、我に返って立ち上がる。廊下に出ると、女中二人はうつむいていたが、静はまっすぐ冬を見ていた。

「まだ七ツをいくらも過ぎていないし、これくらい遅いうちに入らないでしょう」

「そういうことを言うなら、踊りの稽古をやめさせますよ」

ここぞと冬が言い出せば、静が恨めしげに口を閉じる。そして、廊下に立っている久兵衛に気付いた。

「おとっつぁん、大事な話があります」

その思いつめた表情を見て、久兵衛もピンときた。どうやら、静本人もしびれを切らしていたらしい。

時と場所を改めるべく、久兵衛はうなずいた。

「私もおまえに話がある。少々長い話になるから、夕餉(ゆうげ)の後でも構わないか」

「はい、わかりました」

きっと、静は静で緊張していたのだろう。久兵衛の申し出にうなずいてから、思い出したように頭を下げた。

「おとっつぁん、今日は帰りが遅くなってすみません。帰りがけにお才ちゃんたちと話し込んでしまったんです」

お才ちゃんというと、札差大野屋の娘だったか。男であることを隠しているため、静は進んで親しい友を作らなかったはずなのに。

「めずらしいね。おまえがお仁ちゃん以外の友達と話し込むなんて」

「……同じ流派の相弟子ですから」

静はそう言って「着替えてきます」と歩き出す。久兵衛はその様子を見て、ふと胸騒ぎを感じた。

大野屋の娘と言えば、「蔵前小町」と評判の器量よしだ。まさか、静は大野屋の娘に岡惚れでもしたのだろうか。

だが、静がどんなに思ったところで、その恋がかなう見込みはない。

もし「お才ちゃんと一緒になりたいので、男に戻りたい」と言われたら……いや、まだそうと決まったわけではない。久兵衛は上の空で夕餉を食べ終えると、静と座敷で向かい合った。

「それで、おまえの話というのは」

「いえ、先におとっつぁんの話をお願いします」

落ち着き払った受け答えが今日はなぜか癪に障る。父親なら、我が子の成長を喜んでやるのが筋なのに。

しかし、こんなところで時間を無駄にしても始まらない。久兵衛はためらいがちに口を開いた。

「実は、おまえを嫁に欲しいという話がこのところ多くてね。すべて身体が弱いからと断っている手前、いまのように踊りの稽古に励まれては困るんだよ。かわいそうだが、踊りの稽古はやめなさい」

予期せぬ話だったのか、静は切れ長の目を丸くする。そして、首を大きく左右に振った。

「嫌です。あたしはやめません」

「いまだって『東流の名取なのに、身体が弱いはずがない』なんて言われている。断れない相手から縁談を持ち込まれたらどうする気だ」

静が親に逆らったのは、数えるほどしかない。内心驚きながら窘めれば、小夜によく似た顔が笑う。

「心配いりません。そのときは、足が折れて二度と歩けないことにしますから」

「何だとっ」

思わず腰を浮かせると、静が「本当に折るわけじゃありません」と苦笑した。

「病より怪我のふりのほうがしやすいもの。それから、傷を癒すために湯治に行ったことにしてください」

「……そこに一生いるつもりか」

やはり親子として過ごしてきたので、考えることが似るのだろうか。

冬と同じようなことを言い出され、久兵衛は憮然としてしまう。すると、静は「とんでもない」と明るく言った。

「静はそこで病になり、儚くなる。そうすれば、鍋島家の目を気にしなくてもすむでしょう。あたしは橋本屋の娘をやめて、男として生きていきます」

「馬鹿なことを言うなっ」

久兵衛は得意げに語る静を叱りつけた。

人払いはしてあるものの、大声でしていい話ではない。それでも、声が大きくなるのを止められなかった。

「おまえのような世間知らずの子供がひとりで生きていけるものか。己の力を過信するのもたいがいにしろ」

心配が怒りに転じ、吐き捨てるような口調になる。静は黙って聞いていたが、ややして「おとっつぁん」と口を開いた。

「おっしゃる通り、あたしは世間知らずの十五の子供です。でも、それって、あたしのせいですか」

「おい、急にどうしたんだ」

「急じゃありません。あたし、いや俺は男だと知ったときから、ずっと思ってきた。どうして俺は他の子のように、外を駆け回ることができないんだろうって」

「それは……」

「別におとっつぁんを責めているわけじゃない。おとっつぁんは妹の忘れ形見を懸命に守ってくれただけだ。俺は感謝しています」

やけに物のわかった言い方をされ、久兵衛の胸が波立った。

大事に育てた養い子にこんなことを言わせたいわけではない。だが、止める言葉が出てこなかった。

「おっかさんのためにも、俺が男だと鍋島家に知られるわけにはいかない。おとっつぁんがそう思っているのがわかっていたから、女の恰好をやめたいとは言えなかった。でも、先代の殿様が亡くなって、もう十三年だ。いまのお殿様には立派な世継ぎがいるんでしょう。先代の隠し子がいるとわかったところで、洟も引っかけやしませんよ」

「それは、おまえが女だと思っているからだ。もし男だとわかったら……」

「この顔が先代のお殿様に似ていたら、少しは見込みもあったでしょう。でも、どこからどう見ても、おっかさん似らしいから」

鍋島家の先代当主の顔など知らないくせに、静はそう言って笑う。久兵衛は奥歯を嚙みしめた。

「向こうはこっちのことなど知らないのに、一生息をひそめて生きるなんてまっぴらだ。俺は男として生きていきます」

久兵衛だってそのつもりだった。もう女のふりを続けなくともいいと言ってやるつもりだったのに、

「生意気なことを言うんじゃない。女の恰好が嫌だと言うが、おまえは化粧をしなくとも十分娘に見える。いまはまだ男の恰好なんて似合わんぞ」

口から飛び出したのは、正反対の言葉だった。

すぐにしまったと思ったものの、直ちに取り消すこともできない。むっつりと黙り込んだ久兵衛の前で、静が勢いよく立ち上がる。

「何だ、行儀の悪い」

「おとっつぁん、よく見てください」

一体何だと目を眇め——久兵衛は異変に気付いて立ち上がる。

静の背は自分より低かったはずなのに、いまは肩の高さがあまり変わらない。肩幅も広く見え、引いていた振袖の裾がやけに短くなっていた。

「お静、これはどういうことだ。一瞬で大きくなるなんて」

「ここ一、二年で急に背が伸びたので、歌舞伎(かぶき)の女形(おんながた)のように背を盗んでいたんです。でないと、振袖が似合わなくて」

まさか、人知れずそんなことをしていたとは。目を見開いた久兵衛に、静は皮肉っぽい笑みを浮かべた。

「おっかさんは察していましたけど、おとっつぁんは気付いていなかったでしょう。いつだって妹によく似た顔ばかり見ていたから」

冬はこのことも知っていて、踊りの稽古をやめさせようとしたのだろう。やはり子供のことは、母親のほうがよく知っている。この身体つきなら、育ちが遅いとはもう言えない。

静と小夜は顔だけでなく、背恰好も似ていると思っていた。だから、顔を合わせるたびに、「今度こそ守ってやらなければ」と思っていたのである。

どうして、静は男に生まれたのか。

女に生まれていれば、今度こそ幸せにしてやれたのに。

「……また、橋本屋の身内がいなくなるのか」

すでに両親も亡くなっている。

自分と同じ血を引くのは息子と静だけなのに。

胸の底からこみ上げるのは、悲しみなのか、後悔なのか。それとも……。

思わず両手で顔を覆えば、静の声が耳に入った。

「血にこだわっていたのは、鍋島家じゃない。おとっつぁんのほうだったんだね」

からかうような言い方に、久兵衛はむっとする。こんな生意気な口をいつの間に叩くようになったのか。

「……おまえも歳を取ればわかる」

だから、お小夜の分までどうか長生きしてくれ――久兵衛はあえて声には出さず、心の中でそう続けた。

七

静が男だと知ってから、才はいままで以上に悩みが増えた。

特に親しかったわけではないが、静は幼い頃からの知り合いだ。

病弱で知られた大店の娘が実は男だったなんて言われても、にわかには信じがたい。

自ら静の胸に触れて、男であることを確かめた。

なぜ、橋本屋の主人夫婦は静を女と偽って育てたのか。

薬種問屋に次男がいても問題はないはずである。それとも、娘でないと都合の悪いことがあったのか。

いろいろ気にはなるものの、才は長年嘘をつかれ続けた理由を問いつめることを諦めた。

橋本屋のおじさんがあそこまで徹底して、隠し通そうとした秘密だもの。うちのおとっつぁんでも秋本家に頭が上がらないように、お静ちゃんの秘密には身分の高いお武家が絡んでいるに違いないわ。

だとすると、このことに関わるのは危険である。静の秘密に巻き込まれ、少女カゲキ団の正体まで暴かれたら目も当てられない。

一度はそう思ったものの、才は静を追い出せなかった。仁や芹に反対されたこともあるが、静の身の上語りを聞いて気の毒になったからだ。

――お才ちゃんやお仁ちゃんが「男に生まれたかった」と言うたびに、腹が立って仕方がなかったわ。

――あたしが少女カゲキ団に入ったのは、人前で男の恰好がしたかったから。これが自分のあるべき姿だ、ここでなら男の姿も許されるって……それなのに、少女カゲキ団からも追い出されるの？

そう訴える表情は、静が稽古の中で見せた竜太郎の絶望と相通じるものがあった。

あたしは女に生まれたせいで、一生男に従って生きなきゃならない。

でも、お静ちゃんは男に生まれながら、男として生きられない。

女のあたしたちよりも人目を気にして、嘘がばれないように窮屈な暮らしをしてきたんだもの。少女カゲキ団の中でしか男の恰好ができないと言われたら、撥ねつけることはできないわ。

男姿の静の背丈がいつもより高く見えるのは、娘姿のときに背を盗んでいたからだった。師匠と芹はそのことを前から気付いていたらしい。

女形の役者だって、舞台を降りれば男に戻る。

しかし、静は芝居をしているときが本物だった。道理で、最初から男の姿が様になっていたわけだ。

ひそかに納得したとはいえ、これからはどう付き合えばいいのやら。いままでは女同士と思えばこそ、遠慮なく付き合えたのである。

これからは静と一緒に着替えもできない――ぼんやりそう思ったところで、才はハ夕と気が付いた。

そういえば、お静ちゃんと一緒に着替えた覚えがないわ。人前で着替えるのは嫌だと、いつも違うところで着替えていたっけ。

紅とよく「お静ちゃんは恥ずかしがりやね」と笑っていたが、あれは自分の身体を見られたくなかったからか。おかげで、こっちもあられもない姿を静に見られなくて助かった。

でも、男と一緒に芝居をすることになるなんて……。利信様に言えないことがさらに増えてしまったわ。

少女カゲキ団のことは親兄弟にも一生隠し通すつもりである。それでも、これから一生連れ添う人に秘密を持つのは後ろめたい。特に、利信が誠実だから、なおさら気が咎めてしまう。

知らずため息を漏らしたとたん、居合わせた女中頭が意味ありげに目を細めた。

「お嬢さんも色っぽいため息をつくようになりましたねぇ」

「お蔵、馬鹿なことを言わないで」

この女中頭は幼くして吉原に売られたせいか、男女のことに鼻が利く。嗅ぎつけられてはたまらないと、才は気強く撥ねつける。

しかし、相手はへこたれなかった。

「そんなに若様のことが気になるのなら、文でも書いたらどうですか」

「だから、そうじゃないって言っているでしょう。下品な勘繰りもたいがいにしてちょうだい」

むきになって言い返せば、女中頭はにたりと笑う。

「あら、それは失礼いたしました。ですが、会えない二人の仲を深めるのは、文が一番でございますよ。吉原の女郎衆だってせっせと書いておりました」

なぜ遊女を引き合いに出すのかと、才はますますむっとする。そんなふうに言われてしまえば、なおさら文を出しにくくなる。

蔵に言われるまでもなく、何度か文は書きかけていた。

だが、いくらも書き進まないうちに、才の筆が止まってしまう。

縁談を承知するという文は、利信に求められたものだった。その文の返事が来たからといって、また文を送っていいものか。

新光寺の住職だって「余計な仕事を増やされた」と嫌な顔をするかもしれない。まだ正式に決まったわけではないのに、町娘が調子に乗ってと思われたら……。そんな不安が胸に居座り、書き上げることができなかった。

とうに四十を越した蔵は、揺れ動く娘心の機微なんて忘れ果てているのだろう。これ見よがしにそっぽを向けば、女中頭は「それはそれとして」と言い出した。

「あまりのんびりなさっていると、お稽古に遅れるんじゃございませんか。蔵前から八丁堀はいささか遠うございます」

「大変、お兼を呼んでちょうだいっ」

今日の稽古を思い出し、才は慌てて立ち上がる。

朝はちゃんと覚えていたのに、あれこれ悩んでいるうちに忘れていた。手早く支度をすませると、兼を供に八丁堀の小田島家に馳せ参じた。

才のお茶とお花の師匠、小田島淑は町方役人の妻である。額に汗を浮かべた弟子を見て、怪訝そうに眉を上げた。

「お才さん、今日はどうしました。私はお茶とお花だけでなく、行儀作法も教えているつもりです。約束の刻限に遅れるなんて、あなたらしくもないこと」

「お師匠さん、申し訳ありません。あの……」

世間では「よくできたお嬢さん」と評されている才である。「ぼんやりしていて遅れました」と白状しづらい。

口ごもった才が下を向くと、兼が一歩前に出た。

「実はここへ来る途中、変な男に後をつけられたんです」

「何ですって？　それはどの辺りなの」

「あたしが気付いたのは、浅草御門を過ぎたところでした。ですが、もっと前からつけられていたかもしれません」

「まさか、ここまでずっとつけられて……」

「いいえ、目に付いた途中の店に入り、何とか撒いてまいりました。ですが、そのために時を取られてしまい、遅くなってしまったのです。誠に申し訳ございません」

平然と嘘をつく兼を見て、才は内心意外に思う。

うまくごまかしてもらって助かったが、いつの間にこれほど嘘がうまくなったのか。真実を知っている才ですら、うっかり信じてしまいそうだ。

その証拠に、町方役人の妻も目を瞠った。

「まあ、そうだったの。お才さん、怖かったでしょう」

「え、ええ、でも、お兼が一緒だったので」

「いくら腕が立つと言っても、所詮は若い娘です。男が本気で向かってきたら、お兼さんでは歯が立ちますまい。それにしても昼日中から若い娘をつけ回すなんて、不届きな輩がいたものだこと」

しきりと憤慨する淑に後ろめたさを覚えたものの、ここで本当のことを打ち明ける気にはなれなかった。

お兼はあたしのためを思って、口から出まかせを言ったんだもの。その気持ちを無にはできないわ。

自分で自分に言い訳するうち、お花の稽古が始まった。

「今日は菊と薄と竜胆を使ってちょうだい」

「はい」

今月は仲秋、だから薄なのだろう。

もっとも、今年の夏は雨が多く、八月になっても秋が深まったという気がしない。むしろ夏はいつ終わったのかと思ってしまう。

それでも、暦は足を止めない。

一昨日の八朔は、権現様が江戸城にお入りになった日だ。旗本は一斉登城したはずだから、秋本家の殿様も登城なさったに違いない。

あたしはいずれ奥方として、利信様の支度をお手伝いするようになるのよね。ちゃんとして差し上げられるかしら。

竜胆の花を手に、才はそんなことを考える。

不安は山のようにあるけれど、利信に嫁ぐのは嫌ではない。

むしろ、利信以外の男に嫁ぐのが嫌だ――いつしかそんなふうに思い出した自分自身にうろたえながら、才は手早く花を活けた。

背の高い薄の前に、背の低い白と黄色の菊と竜胆――慣れた花材で無難に活けてあるけれど、いかにもありふれていてつまらない。もう一工夫できないかと、才は縁側の向こうに目を向けた。

「お師匠さん、お庭の花を少しいただいてもよろしいですか」

「急にどうしました」

「このままだとありきたりで……。ぜひ、お庭の花を加えさせてくださいまし」

今度は正直な思いを口にすると、淑は才の花を見てうなずいた。

「ちゃんと形になっているけれど、ありきたりと言えばありきたりです。お才さんの思うようにやってごらんなさい」

淑が許してくれたので、花鋏を手に庭に出る。

小田島家の庭では、淑が畑を作っている。

いまは竜胆によく似た色の茄子が見事に実っている。だが、さすがにこれは活けられない。ぐるりと庭を見回せば、隅のほうに見覚えのある花が固まって咲いていた。

それを何本か鋏で切り、才はすぐに座敷に戻る。

「お言葉に甘えてこちらの花を頂戴しました」

「ああ、千日紅ね。構わないけれど、ちぐはぐにならないかしら」

薄の銀に竜胆の紺、さらに菊の白と黄色。そこに紅というより萩色（紫がかった紅色）に近い千日紅を加えるのだ。師匠が首をかしげるのも無理はない。

「千日紅のそばに、紫の野菊も咲いていたでしょう。どうしてそちらにしなかったのです」

「それではいつもと変わりませんから」

さっきぐるりと庭を見回したとき、片隅の萩色が目に留まった。

千日紅の背丈はおよそ一尺五寸（約四十五センチ）、花の大きさは一寸ほどで潰れた松かさのような形をしている。少々目立つ色を除けば至って地味な花だけれど、その花の名と色が才に新光寺の庭を思い出させた。

麻布の新光寺は、見事に百日紅が満開だった。そこに現れた利信は、竜胆のように凜としていた。

百日紅と千日紅、文字ほど見た目は似ていないけど、色は少し近いもの。薄をお寺の庭の木に、白菊をあたしに見立てたらどうかしら。

　ふとそんな考えが浮かんだとたん、他は考えられなくなった。才は千日紅を竜胆と白菊の周りに活ける。

「お師匠さん、どうでしょう」

　才にとっては利信との出会いを思わせる出来栄えだが、淑はまとまりがあって上品な花を好む。「これなら、前のほうがよかった」と言われるかと思いきや、「また、にぎやかね」と笑われた。

「これはどういう見立てかしら」

「先月、満開の百日紅を見たのです。こちらの庭の千日紅を見て、それを思い出しました」

「その百日紅はお才さんにとって、とても大切なものなのね」

　淑の問いかけにうなずくと、師匠は改めて活けられたばかりの花を見た。

「この花は見る人を幸せな気分にしてくれます。正直まとまりはないけれど、私は好きですよ」

　まさか、淑の口からそんな言葉を聞くなんて。才が目を白黒させていたら、淑は納得したように顎（あご）を引く。

「今日はお才さんに会ったときから、様子が違うと思っていたの。前に言っていた縁談はどうなりました」

　自分に武家の妻が務まるかと淑に尋ねたことがある。いまさらとぼけることもできず、才は小声で打ち明けた。

「……つつがなく進んでいるようです」

「それで、お才さんは思う人と別れたのですか」

「は、はい」

　母の目を盗んで高砂町に通うため、「親にはお茶の稽古と思わせておいて、隠れて思い人に会いたい」と淑には嘘をついていた。ここで別れたと言えば、その嘘を終わらせられると思ったのに。

「お才さん、私には嘘をつかないで」

　ぴしゃりと決めつけられてしまい、才はうろたえた。

　さては、最初から思う人などいないことがばれたのか。だったら、罵（ののし）られても仕方がないと、思わず身を固くする。

　だが、こちらの予想に反して淑は目を細めた。

「本当はまだ別れていないのでしょう」

「えっ」

「隠したってわかります。お才さんから物思う色気を感じますもの」

淑は才の物思いが「許されない相手への思いが断ち切れないせいだ」と勘違いしたらしい。活けたばかりの薄にそっと触れて呟いた。

「それに別れていたのなら、もっとお稽古に来られるはずでしょう」

お見通しとばかりに微笑まれ、才は考えを巡らせる。

最初に嘘をついたのも、お師匠さんが勘違いしたからだもの。どうやってごまかしたらいいかしら。

かくなる上は、最初の嘘をとことんつき通すしかないだろう。才はとっさに腹をくくった。

「……お願いです。どうか九月までは見逃してください」

「お才さん」

「来月中にきっぱりと終わらせます。それまでは……この通りです」

手を合わせて懇願すれば、淑の顔がふっとほどけた。

「わかりました。今度こそ約束ですよ」

意外にもあっさり許されて、才は虚をつかれた思いがした。恐る恐る「何かあったのですか」と尋ねれば、淑は困ったように苦笑する。

「実は、夫に子ができました」

「それは、おめでとうございます」

淑は前夫が急死したのち、八つ下の義弟と夫婦になった。それは前夫の忘れ形見を守り育てるためだと思っていたが、夫婦仲は円満だったようだ。

それにしても、お師匠さんだってもう若くないのに。これからいろいろ大変じゃないかしら。

縁談が決まったいまだからこそ、こういう話は他人事ではない。才は祝いの言葉を述べ、相手の帯の辺りに目を向ける。

そこに子がいると思っていたら、淑が首を左右に振った。

「私が身籠ったのではありません。夫が外に子を生したのです」

相手は茶店の手伝いで、夫が手を付けたときは生娘だったそうだ。生まれた子は男女を問わず引き取って、小田島家の養子にするという。

予想外の話に驚いて、才は目を瞬く。

「あの、お師匠さんはそれでいいのですか」

「いいも悪いもありません。逆らえば、私が離縁されます。そうなれば、我が子の行く末まで危うくなります」

淡々と返されて、才は泣きたいような気分になった。

すでに立派な跡取りがいるのに、外で子を作るなんてひどすぎる――才がそう口にすると、淑が力なく目を伏せた。

「いいえ、夫にすれば無理もないことです。この家を守るためとはいえ、兄の妻だった年上の女を娶らされ、甥を我が子として育てることになったのだもの。年下のかわいらしい娘に思いを寄せ、その間にできた我が子を引き取るのは当然です」

「でも……」

「幸い、その娘もちゃんとわきまえているようです。初めて話を聞かされたときはさすがに驚きましたけれど、とんでもない女に引っかかったわけではないと知って、すぐに安堵いたしました」

口ではそう言いながらも、淑の表情は晴れない。才は淑の言うことが急に変わった意味がわかった気がした。

身分の高い武家に嫁げば、才もまたこんな思いをするかもしれない。そこで、嫁入り前にうるさいことを言うのは控えることにしたのだろう。

こっちとしては助かったが、淑の気持ちを思えば喜べない。とはいえ、淑の夫の気持ちを考えると、仕方のないことなのか。

そのとき、ふと利信のことが頭をよぎり、才は身を固くした。

わざわざ才を呼び出して、胸の内を尋ねてくれた人だ。他の男はいざ知らず、利信に限って妻を蔑ろ(ないがし)にすることはあるまい。

もし妾(めかけ)を囲うようになっても、あたしが産んだ跡取りがいれば、妾の子を引き取ったりしないはずよ。おとっつぁんだって妾はいても、妾腹(しょうふく)の子はいないもの。

だから、大丈夫だと思った刹那(せつな)、

——本当に?

どこからともなく声がして、才の胸が大きく跳ねた。

七月七日は七夕(たなばた)で、九月九日は菊の節句。

その間の八月八日はただの日に過ぎないが、少女カゲキ団の面々には数少ない稽古の日だ。

以前の才はその日を楽しみにしていたが、近頃は胸が弾まない。特に静が男とわかってからは気が重いくらいである。

あたしは娘芝居を始めたのに、どうして男が出てくるんだか。男だとわかっていたら、お静ちゃんを仲間にしなかったわ。

今日は、静が男とわかって最初の稽古だ。これからはどんな顔で付き合い、芝居をすればいいのやら。

仁は「お静ちゃんは変わっていないから、いままでと同じ」と言うけれど、そう簡単に割りきれない。そして、才は稽古所に着き、真っ先に静と会ってしまった。

「お才ちゃん、おはよう。今日もきれいね」

まだ衣装に着替えていないので、静は振袖姿である。おまけに、いつになく愛想のいい笑みまで浮かべていた。

お静ちゃんてば、機嫌がいいのね。隠し事がなくなってほっとしたってことかしら。

こっちは寝耳に水の話のせいで、まだ混乱しているのに。

とはいえ、挨拶をしてきた相手にいきなり文句を言うのも失礼だろう。才は内心の苛立ちを呑み込んだ。

「そう言うお静ちゃんこそ、ご機嫌じゃないの。何かいいことがあったのかしら」

「ええ、前から頼んでいたんだけど、やっとおとっつぁんのお許しが出たの。これからはあたしも最後まで稽古をするわ」

「ちょ、ちょっと待って。どうしてそんな話になったの」

静が箱入りだったのは、男であることを隠すためだ。

まさか、才たちにばれたことを親に打ち明けてしまったのか。とっさに責めるような目を向ければ、静は「心配しないで」と手を振った。

「お才ちゃんたちにあたしが男だとばれたことも、少女カゲキ団の正体もおとっつぁんは知らないわ。でも、あたしだって来年は十六だし、いずれ男に戻るんだもの。もう家に閉じ込めないでと頼んだのよ」

「それなら、いいけど……」

「もし『少女カゲキ団に入った』なんておとっつぁんに言えば、ここにいられるもんですか。それこそ家に閉じ込められているでしょうよ」

笑顔のまま続けられ、才は背筋が寒くなる。静が守ってきた秘密は、そこまで深刻なものなのか。そして、静の後ろにいる仁を見た。

お仁ちゃんは昔からお静ちゃんの秘密を知っていたのよね。どうしてお仁ちゃんだけが知っていたのか気になるけど、これで肩の荷が下りたでしょう。

誰にも言えない秘密は重い。

まして善悪の判断がはっきりしない幼い頃はなおのこと。それでも、仁は幼馴染みを守るために口を閉ざし続けてきた。

だが、これからはこの稽古所に限って隠し事をしなくてすむ。静同様、気が晴れただろうと思いきや、なぜか浮かない顔をしていた。

当のお静ちゃんは上機嫌なのに、どうしてお仁ちゃんは不機嫌なの。行雲堂で何かあったのかしら。

才が訝しく思っている間に、紅と芹もやってきた。みなてんでに衣装に着替えてから、「仇討の場」の稽古が始まった。

「それじゃ、今日も高山の登場から稽古をするけど、他にもやるべきことはたくさんあるんだ。さっさと終わらせるからね。お芹はここに寝そべって。それぞれ十日前の稽古を思い出してやるんだよ」

手を打つ師匠はいつもとまるで変わらない。才は羽織袴姿の静を見て、心の中でため息をつく。

髪型は島田のままでも、もはや男にしか見えないわね。道理で、お芹さんの男姿と張り合えるはずよ。

腹の中で文句を言いつつ、才はゆっくり息を吸う。そして、仇を討った直後の水上竜太郎になろうとした。

「官兵衛……間に合わなかったか」

静が稽古場の隅から駆け寄ってきて、横たわる芹を抱き起こす。才はその場から動かなかった。

「あなたはどなたです」

「拙者は南条藩江戸屋敷に勤める、高山信介と申す。そのほうが水上竜太郎だな」

名を呼ばれてうなずくと、脇から紅がしゃしゃり出る。

「へえ、たったいま父上の仇、にっくき遠野官兵衛を見事討ち取ったところでございます。ところで、高山様はなぜここに」

「官兵衛の住まいを訪ねたら、ここでおぬしと果し合いをするという書き置きを見つけたのだ。何としても止めたかったが、間に合わなんだ」

答える高山に才は怒ったふりで近寄った。

「お待ちください。私は今日たまたまここで官兵衛を見つけ、決着をつけることにしたのです。官兵衛があらかじめ書き置きを残すことなどできません」

こぶしを握って言ったとたん、「才花、何を遠慮しているんだい」と厳しい師匠の声が飛ぶ。

「竜太郎は初対面の相手にいきなり因縁をつけられたんだ。本懐を遂げたばかりの武士だったら、もっと勢いよく食って掛かるはずだろう。ほら、やり直し」

才は言われるままにやり直すも、師匠はなかなか納得しない。「そうじゃないだろう」と睨まれる。

「元服前でも、竜太郎は武士なんだよ。もっと男らしく台詞を言わなくてどうするのさ」

苛立ちもあらわに叱責されるが、才は前と同じように演じている。どこがよくないのかわからないまま、二度三度と繰り返せば、

「才花、いいかい。静花はいままでと何ひとつ変わっちゃいないんだ。もっと肩の力を抜いて芝居をおし」

困り果てた顔で説明されて、才はますます途方に暮れた。

前は「絶望の表情」以外、特に叱られなかったのに……どうして、こんなことになったんだろう。

肩の力を抜けと言われても、羽織袴の静は正真正銘男である。嫁入り先が決まったいま、男と芝居をしていることが後ろめたくて仕方がない。こんなことなら、仁や芹を問いつめたりしなければよかった。

「仕方ない。このまま続けよう。次は高山の台詞だね」

ため息混じりの師匠にうなずき、静が才のほうを見る。後ずさりかけた才が踏みとどまると、おもむろに台詞を口にした。

「おぬしが自分を探して飛鳥山に来ることなど、官兵衛は先刻承知しておった。やつは最初から斬られる覚悟で、そなたの前に姿を現したのだ」

「なぜ……か、官兵衛殿はそんなことを……」

「仇を討ち果たさない限り、おぬしは国元に帰れぬからだ。本当に非難されるべきは、おぬしの父、水上竜之進だというのに」

またもやつかえてしまったが、幸い台詞の中身にうまくはまった。

静は前と変わらず、忌々しさを隠さない表情で吐き捨てる。紅の中間為八は身分も忘れて嚙みついた。

「冗談もたいがいにしてくだせぇっ。遠野官兵衛は乱心して、うちの旦那様を斬ったんですぜ」

「乱心ではない。水上竜之進は南条藩の禄を食む身でありながら、藩の秘密を幕府に密告しようとしていた。官兵衛はそのことを知り、殿と我ら藩士を守るために裏切り者の口を封じただけだ」

「ふん、馬鹿馬鹿しい。それが真実なら、やつの乱心は狂言だと？　そんな真似をしなくとも、藩のご重役にお知らせすりゃあすむ話じゃござんせんか」

紅は今日も威勢よくまくし立て、遠慮なく静に詰め寄る。十日前と変わらぬ芝居に、才は思わず目を瞠った。

どうして、お紅ちゃんはいままでのような芝居ができるの。あたしはこんなにとまどっているのに。

心の中で叫んだとき、「才花っ」と師匠の声が飛んだ。

「何をぼんやりしているんだい。次は竜太郎の台詞だろう」

紅の芝居に気を取られ、自分の芝居を忘れていた。「すみません」と謝れば、師匠ににじろりと睨まれる。

「謝るなら、あたしより花紅だろう。せっかくいい芝居をしていたのに、竜太郎が抜けていたんじゃ、忠義の中間も大変だ」

常に「出来がいい」と言われて育った才の胸に師匠の言葉が突き刺さる。これまで紅と比べられ、下に見られたことはない。

こんなはずはない、あたしはもっとうまくできるはず――そう思えば思うほど、才の芝居はぎこちなくなっていく。そんな竜太郎を見かねたのか、足元に横たわっていた芹が身を起こした。

「お師匠さん、ちょっと一服しませんか。お才さんがお静さんを怖がっていては、稽古が先に進みませんせん」

「お芹さん、あたしはそんなんじゃ……」

慌てて言い訳しようとしたが、尻切れトンボになってしまう。師匠は疲れた様子でうなずいた。

「そうだね。あたしは気に入らない台詞があるから、花仁と二人きりで相談させてもらうとしよう」

「えっ」

「才花、あんたの悪いところはお芹が教えてくれる。心して聞くんだよ」

師匠は青ざめる仁を連れて稽古場を出ていく。それを見た静は困ったような顔で顎をかいた。

「あたしがここにいたんじゃ、お芹さんも説教がしづらいでしょう。仕方がないから、席を外してあげるわね」

静は恩着せがましく言って、そそくさと稽古場を出る。その姿が消えると、才は紅に目を向けた。

「悪いけど、お紅ちゃんも外してちょうだい」

「えっ、どうして」

「あたしの悪いところなんて、お紅ちゃんが聞かなくともいいでしょう」

才は知り合ってからいままでずっと紅の前を歩いてきた。その紅の前で、紅に劣るところをあげつらわれるなんてまっぴらだ。

ふてくされたような声を出せば、さんざんためらった末に紅も稽古場から出ていった。

「お芹さんが何を言いたいのか知らないけれど、あたしに言わせれば、悪いのはお静ちゃんよ。お互い年頃なんだもの。昔からの知り合いが女じゃないとわかったら、気まずくなって当然でしょう」

師匠の小言はおとなしく聞くけれど、芹から言われるのは面白くない。不機嫌もあらわに言い放てば、芹が「そうね」とうなずく。

「あたしだって最初はびっくりして、芝居の稽古どころじゃなかったわ」

「だったら、今日は大目に見てちょうだい。お芹さんは前からお静ちゃんが男だと知っていたけど、あたしは知ったばかりだもの。次の稽古では気にしないで芝居ができるようにしておくわ」

もう少し時が経(た)てば、男の静にもきっと慣れる。九月の飛鳥山には、十分間に合うはずである。

しかし、芹は目を細め、「そうなるかしら」とうそぶいた。

「あたしたちは女が嫌で少女カゲキ団を始めたけれど、お才さんはいま男になりたいと思っていないんじゃないの」

「えっ」

「今日のお才さんは水上竜太郎という若衆には見えなかった。袴を穿いた若い娘が男の前で恥じらっているようだったわ」

その瞬間、才は思いきり頰を張られた気がした。

確かに利信と会ってから、いつも嫁入り後のことばかり心配していた。男になりたいと思うどころか、男に生まれたかったことさえ忘れていた。

「いまのなよなよした芝居のままじゃ、飛鳥山まで観に来てくれた娘客をがっかりさせるよ」

そんなことを言われても、自分では男らしく演じているつもりなのだ。静が男だからって、恥じらっているつもりはない。

だが、芹は才の言い分を聞き入れなかった。

「芝居で肝心なのは、『どういうつもりか』じゃなく『どう見えるか』でしょう。お才さんの心持ちや事情は関係ないよ」

「それは、そうだけど……」

「高山と竜太郎は男同士なんだもの。お紅さんのように役になりきれば、お静さんが男でも気にならなくなるはずよ」

　まるで紅を見習えと言わんばかりの口ぶりに、才は思わず嚙みついた。

「そんなの屁理屈だわ。いくら男のふりをしたところで、あたしは女なんだもの」

「そういう考えをしているから、芝居が女臭くなるんだよ」

　間髪容れず言い返され、才はうつむく。芹は大きく息を吐いてから、「いいかい」と才に顔を寄せた。

「役者は芝居をしている間、その役柄を本気で生きなくちゃ。うちのおとっつぁんだってよく言っていた。役者は舞台の上でなら、何にだってなれるって。お才さんだって本気で男に生まれたかったから、『忍恋仇心中』をやる気になったんでしょう」

　才は初心を思い出して、居たたまれない気分になる。「最後の芝居を立派にやり遂げ、それを自信にしよう」と紅と約束しておきながら、気が付けば利信のことで頭が一杯になっていた。

「娘たちが少女カゲキ団に憧れるのは、普通の娘が思ってもできないことをしているから。普通の娘の気持ちのまま、水上竜太郎を演じられると困るんだよ」

　芹の言いたいことはわかったものの、どうすれば竜太郎になりきれるのか。自分はいままで何を考え、どう演じてきたのだろう。

才は黙って奥歯を強く嚙みしめた。

八

衣替えは毎年九月朔日と決まっている。

だが、今年は八月になって早々、単衣から袷に着替える人が増えてきた。伊達の薄着を好む江戸っ子にしてはめずらしいことである。

これでは陽が落ちてからの夕涼みや花火見物どころではない。まめやの主人である登美は夜四ツ（午後十時）までの商いを、もとの暮れ六ツ（午後六時）までとした。

馴染み客は文句も言わず、納得顔でうなずいている。

「そのほうがいい。近頃は諸色の値上がりで、辻斬りも出ると聞くからな。まめやは女ばかりだし、暗くなってからの商いは物騒だ」

「特に米の値は天井知らずだもんな」

「奥州はひでぇ飢饉だっていうぜ」

「今年の夏は雨が多かったから、またぞろ米の出来が悪いだろう」

「するってぇと、米の値はこの先も上がるのか」

「そういや、信濃の山が火を噴いたってな。あっちはどうなったんだい」

「そりゃ、遠い江戸まで灰が飛んでくるほどだ。麓の田畑はひどいことになっているだろうぜ」

「奥州に続き、今年は信濃も米が穫れないのか」

「いやはや、八方ふさがりじゃねぇか」

まめやの商いの話から、いつの間にか米の話題に変わっている。

江戸では長屋住まいの貧乏人でも、白い米の飯を食う。米の値が上がるか否かは、何よりも気になる問題だ。客たちはいつになく真剣な表情で、互いに知っていることを言い合っている。それは別にいいけれど、茶の一杯で朝から長っ尻を決め込むのはいかがなものか。

芹はケチな客には目もくれず、ぼんやり空を見上げていた。

「昨日はいい天気だったけど、今日の昼過ぎには雨が降り出すんじゃないかねぇ」

背後の声に振り向けば、まめやのもうひとりの手伝い、澄が立っている。

澄の天気を読む目は信用できる。芹は「そうですか」と返事をして、「おっかさんは大丈夫かしら」と呟いた。

芹の母の和は青物売りだ。夜明け前から旗本屋敷を回り、庭で作った青物を仕入れて天秤棒で担いで売り歩く。

だが、夜明け前の空はいつも暗く、その日の天気を読むのは難しい。横着な母のことだから、きっと蓑を持たずに出かけただろう。

暑い盛りならいざ知らず、これからは濡れると風邪をひく。おっかさんだってもう若くないんだから。

芹が眉をひそめたとき、「お澄さん、お代わり」と声が上がった。「はい、ただいま」と応じる澄は、人気の「看板年増」である。お呼びがないのをいいことに、芹は再び空を睨んだ。

今日は八月九日、あと二十日で月が替わる。

果たして錦絵に書いた通り、九月中に飛鳥山で芝居ができるだろうか。

披露を九月の末にしたところで、稽古はあと四回だけだ。なまじ世間の期待が高い分、芹は不安で仕方がなかった。

よりによって、お才さんがあんな芝居をするようになるなんて思わなかった。いくら縁談が決まったからって、すっかり猫をかぶるようになっちゃって。

親が決めた縁談相手は身分の高い武家だというから、余計に静の扮する高山を意識してしまうのだろう。同時に、男らしいしぐさや表情を意図せず避けているようだ。

この世には男と女しかいない。

だから、男は女の前で見栄を張り、女は男に媚を売る。

だが、才は女であることをよしとせず、「男に生まれたかった」と芹に言った。

――どんなに頑張っても才という名の娘は認めてもらえないのに、それでも恵まれているって言うの？

生まれた家の名や見た目より、自分の努力を認めてほしい。芹は才のそういうところを好ましく思っていたけれど、いざとなればこのざまだ。

あんな水上竜太郎では、官兵衛だって命をかける気になれないだろう。仁の台本で描かれているのは、どこまでも一途で純粋な少年だ。男の前でしおらしく振舞うような、女々しい陰間もどきではない。

せっかく男らしい所作が身についたと思ったのに……これじゃ、悪い癖がぶり返したあたしの踊りと変わらないよ。やっぱり、お仁さんの言う通りだった。お静さんが男だと明かすべきじゃなかったんだね。

後悔先に立たずとは、このことだ。

おまけに、静の秘密がばれてから、仁はかえって元気をなくした。才たちにばれる前は、芹に八つ当たりをするくらい元気があったはずなのに。師匠だってこの成り行きは予想外だったろう。

少女カゲキ団の言い出しっぺにして、主役を演じる才。

座付き狂言作者で、一番熱心だった仁。

この二人が頑張らなければ、いい芝居はできない。紅や静はいままで以上にやる気を見せているけれど、二人の代わりはできないのだ。

あたしがどれほど気合を入れても、仇討の踊りが終わってしまえば、亡骸として横たわっていることしかできないもの。お才さんは主役の果たす責任の重さをてんでわかっていないんだから。

昨日の稽古では、芹に対する師匠の小言は大分減った。だが、あれは自分の芝居がよくなったというよりも、才の出来がひどかったのだ。

人は動くものに目を奪われる。

芹が骸になりきるほど、客の目は才と静に向く。

このままでは世間をあっと言わせるどころか、物笑いの種になってしまう。

お俊さんだって、次の芝居にじいさんを連れてくる。その期待を裏切るような、みっともないものは見せられないわ。

誰もが認める「男に負けない芝居」を披露してこそ、頑固な祖父の目を覚まさせることができるのだ。「だから女は」と馬鹿にされては、俊に合わせる顔がない。

あれこれ考えていたら、「お芹ちゃん、朝っぱらから何をぼんやりしてんだい」と声がかかった。

「すみません。何でもないです」

すぐに笑顔で返したものの、客たちはさも意味ありげに目を細める。

「いや、何でもねぇって顔じゃなかった。さては、いい男でもできたのか」

「男みてぇな大女だが、お芹ちゃんも年頃だからな」

めずらしくもないからかいに、芹はあいまいな笑みを浮かべる。むきになって言い返すと、かえって面白がられるだけだ。あえて口をつぐんでいると、澄が横から口を出す。

「お芹ちゃんは前に来たお武家様のことを考えていたんでしょう。あれから一度も見ないものね」

「やっぱりそうか」

「お芹ちゃんも隅に置けねぇな」

「お澄さん、そのお武家ってのはどんなやつだ」

澄の言葉が火種となって、床几に座った面々が一斉に盛り上がる。芹は慌てて「お澄さん、やめてちょうだい」と袖を引いた。

「あたしはお武家の知り合いなんていやしないわ。いい加減なことを言わないで」

「あら、いい加減とは心外だねぇ。頭巾をかぶったお武家様がお芹ちゃんに会いに来たじゃないの」

そこでようやく静のことかと思い当たり、芹は顔を引きつらせた。

「あ、あの人はそんなんじゃありません」

羽織袴の侍が薬種問屋橋本屋の娘で、実は男だったなんてここでは言えない。まして秘密を知った芹の口止めをするために、わざわざ男の恰好をしてまめやまで訪ねてきたなんて。

澄は初めて静に会ったとき、付きまとう亭主を追い払ってもらっている。芹が泡を食って「違う」と言っても、まるで本気にしなかった。

「照れなくたっていいじゃない。身分違いで一緒になれる望みはなくとも、思う心は自由だもの」

「だから、そんなんじゃないんですってば」

先日の男の姿は仮の姿、普段は静のほうがはるかに娘らしいのだ。そんな相手に惚れるほど、自分は女を捨てていない。

いつになく強く言い張る芹に、客たちがしたり顔でうなずき合う。

「お澄さん、どうだったかしら。その男は背が高かったかい」

「さあ、どうだったかしら。よく覚えていないけど、お芹ちゃんと同じくらいか、少し低かったかもしれないわ」

静がまめやを訪れたのは、日が暮れてからだった。澄は「よく覚えていない」と言いつつ、ほぼ正しい背丈を言い当てる。

一方、尋ねた客たちは満足そうに目を細めた。

「なるほど、お芹ちゃんの物思いの種がわかったぜ」

「ああ、俺より背の高い女は嫌だと侍に振られやがったな」

「そも、まめやの手伝いの分際でお武家に惚れるほうが間違ってらぁ。連中は背が低くとも、気位だけは高いんだから」

「違ぇねぇ」

「女にしちゃ、人一倍背が高ぇんだ。さらに背伸びをしている場合じゃねぇぞ」

「そうそう、まめやの客で手を打ちなって」

勝手に決めつけて洒落にして、客たちが笑い声を上げる。

こういうときこそ、客商売はじっと我慢のしどころだ。芹は怒りを呑み込むと、いつもより低い声を出す。

「楽しいおしゃべりは結構だけど、もうじき朝四ツの鐘が鳴りますよ。お澄さんによると、昼過ぎから雨になるんですって」

雨が降れば、一瞬にして往来を行き来する人が減る。

言われてハッとしたように何人かの客が腰を上げた。残った面々も長居をしすぎたと思ったのか。それから小半刻（約三十分）もしないうちに床几の顔ぶれが入れ替わった。

その後、澄に手招きされて客のいないところに行くと、

「お芹ちゃん、さっきはお客の前で余計なことを言ってごめんなさいね」

片手拝みに謝られれば、重ねて文句も言えなくなる。「もういいです」と苦笑すると、澄が「でも」と呟いた。

「あのお武家様はお芹ちゃんにどんな用があったの」

「それは……前にあの方が落とした物を届けたことがあったから。その礼を言いに来てくれたんです」

少々苦しい言い訳だが、澄は納得したようだ。そのまま腕を組んで考え込むような顔つきになる。

「……残念だわ。もしも何かあったときは、あのお武家様に力を貸していただければと思ったのに」

「もしも何かって……昨日、何かあったんですか」

まめやは川開きが終わるまで、八の付く日も商売をする。

だが、芹が少女カゲキ団のひとりだと見抜いた登美の計らいにより、母に内緒で仕事を休んで芝居の稽古に行っていた。

嘘をつくのは気が引けるけど、おっかさんが知れば、おとっつぁんにも筒抜けになる。少女カゲキ団を守るためには仕方がないわ。

だからこそ、自分がいないときにまめやで起きたことは知っておきたい。澄はしばしためらってから、声をひそめて教えてくれた。

「おかみさんに言うなって言われたんだけど、昨日、あんたのおとっつぁんがまめやに来たんだよ」

聞くなり、芹の頭の中は真っ白になった。

父の万吉は役者上がりの売れない幇間（ほうかん）である。

芹が六つのときに母と自分を捨てて、すり鉢長屋から出ていった。いまは違う女と暮らしており、ときどき母に金の無心をしている。

しかし、まめやに現れるとは思ってもみなかった。

金が欲しくなったのなら、母のいる長屋に行けばいい。まめやに来たということは、捨てた娘に用があるのか。

いまさら一体何の用だと、芹は知らず爪を嚙む。

芹がまめやで働き出したのは、父に心底愛想を尽かし、役者の夢を諦めた三年前からだ。それまでは父が長屋を出ていっても、ひとりで芝居の稽古を続けていたのに。

――よせ、よせ。おめぇのような男女じゃ、いくら稽古をしたところで役者にも芸者にもなれやしねぇ。もっとかわいらしい見た目をしていりゃあ、吉原に売ることもできたのに、この役立たずの生まれそこないが。

母に金の無心をしたついでに、父は実の娘を嘲った。以来、親子の情など感じたことはなかったし、顔を合わせた覚えもない。

あたしがおとっつぁんを嫌っていることは、向こうも知っているはずよ。あたしの稼いだお金もおっかさんが持っていることだって……。

もし、少女カゲキ団の正体に気付き、あたしから他の仲間の素性を聞き出すつもりだったらどうしよう。

　思った瞬間背筋が凍り、芹は目の前が暗くなる。うっかり足をもつれさせると、澄が背中を支えてくれた。

「やっぱり言うんじゃなかったよ。お芹ちゃん、真っ青じゃないか」

「いえ、教えてもらえて助かりました。それで、おとっつぁんは何だって……」

「それがわからないんだよ。向こうが何か言う前に、おかみさんが問答無用で追い払っちまったからね」

　母の昔馴染みの登美は、父を蛇蝎のごとく嫌っている。おかみさんらしいと思いつつ、芹は大きく息をつく。

「そうですか。おかみさんにも迷惑をかけてしまって」

「気にしなさんな。うちの亭主みたいに縦にも横にも大きい男と違って、お芹ちゃんのおとっつぁんは優男だからね。おかみさんが勢いよくすりこ木を振り回したら、すぐに逃げていっちゃったよ」

　その光景が目に浮かび、芹の口元もようやく緩む。澄がほっとしたように「よかった」と呟いた。

「父親が来たと聞いてお芹ちゃんが何と思うか、おかみさんは知っていたんだね。だから黙っていろと言われたのに、あたしときたら」

「お澄さん、本当に気にしないで。おかげで心構えができました」

娘に会えなかった父は、きっとまたまめやに顔を出す。そのときは自分の口から「いまさらどの面下げて」と言ってやろう。

それにしても、おとっつぁんはすり鉢長屋に寄らないで、まっすぐここへ来たのかしら。昨日の晩、おっかさんは何も言わなかったけど……今日帰ったら、しっかり詰め寄っておかなくちゃ。

母は市村座の役者だった川崎万之丞こと、父にいまも惚れ込んでいる。そのせいで金の無心を断り切れず、母子で苦労したことは数知れない。

おとっつぁんはいい役者だったかもしれないけど、いまは売れない幇間だもの。いつまでも若い頃の憧れを引きずっていられても困るんだよ。向こうはそれをいいことに、弱みに付け込んでいるんだから。

そう何度も言っているのだが、母は「あたしが悪いんだ」と父をかばう。普段はしっかり者なのに、父のことだと人が変わってしまうのだ。

お才さんも縁談が決まったとたん、お静さんの前でなよなよするし……色恋が絡むと、女は馬鹿になるんだね。

だとしたら、あたしは一生ひとりでいい。改めてそう思ったとき、「勘定」という声がして、芹は客に駆け寄った。

「いやだ、もう降ってきた。昼過ぎまでは持つと思ったのに」

正九ツ（正午）の鐘が鳴り出したところで、澄が空を見上げて独り言ちる。芹はその言葉を聞いてにやりと笑った。

「お澄さんが天気の読みを外すなんてめずらしい」

「そりゃ、百発百中とはいかないさ。あたしは天の神様じゃないんでね」

澄は不満げな表情を浮かべながら、負け惜しみめいた口をきく。

それでも、本降りの雨になるまでまだ間がありそうだ。いまはぽつりぽつりと降っているため、広小路を尻っ端折りで駆け出す姿は見当たらない。

しかし、衣替えをしたばかりと思しき娘は軒下に逃げ込んでいる。出したばかりの着物を濡らしたくないのだろう。

芹はまめやの前を眺めながら、母のことを考えた。

雨がひどくならないうちに、長屋に戻っていればいいけれど。売りきれなかった青物はうちで食べてもいいんだから。

人知れずやきもきしているところへ、駕籠かきの梅吉が駆け込んできた。

さては雨宿りかと声をかけると、いきなり肩を摑まれる。

「お芹ちゃん、てぇへんだ。いますぐ長屋に帰ってくれ」

同じ長屋に住む梅吉は芹を呼びに来たらしい。これはただ事ではないと、芹はにわかに不安になる。

「梅吉さん、何があったの」

「おめぇのおとっつぁんが死んだって知らせが来た。お和さんもまだ行商から戻ってなくて、そっちは差配さんが探しに行った」

「えっ」

言葉の意味を摑みかね、芹は目を瞬く。

おとっつぁんが死んだってどういうこと？

昨日まめやに来たって、お澄さんから聞いたばかりなのに。

顔をこわばらせた芹が「嘘でしょう」と問い返せば、梅吉は首を左右に振る。そして、耳をそばだてている客たちを見て困ったように顎をかく。

「あいにく、俺も詳しいことは知らねぇんだが」

駕籠かきの梅吉は相棒が怪我をしたせいで、昨日今日と仕事が休みになった。

天気も悪いしこれ幸いと長屋でゴロゴロしていたところ、いきなり差配が飛び込んできて「お芹ちゃんの父親が死んだから、いますぐまめやへ迎えに行け」と命じられたという。

「ちょっと待ってくださいな。お芹ちゃんのおとっつぁんなら、昨日はピンピンしていましたよ」

「そうだよ、このあたしが四の五の言わせず追い返してやったんだから。一体どうして死んだんだい」

そばにいた澄はもちろん、奥にいた登美も血相を変えて飛び出してくる。

だが、すぐにただの遣いを問い質しても埒が明かないと察したようだ。登美は立ちすくむ芹の手を握ってくれた。

「とにかく、あたしも一緒に長屋へ行くよ。お澄さん、店を頼めるかい」

「はい、任せといてくださいな。お芹ちゃん、気を強く持つんだよ」

励ます登美の声が聞こえたけれど、芹はうなずくことさえできなかった。梅吉に促されるまま、いつもの道を走り出す。

昨日元気だった人間が翌日突然亡くなるなんて。

事故か、誰かに殺されたか……。

父は昨日、何のためにまめやに足を運んだのか。父が命を落としたことと、何か関係があるのだろうか。

あたしが昨日まめやにいれば、おとっつぁんは死なずにすんだのかしら。

さっきまでは、父を疫病神のように思っていた。まさか、死神に連れていかれるなんて夢にも思っていなかった。

パラパラと降る雨が少しずつ勢いを増していく。

芹は足自慢の梅吉に遅れながらも、すり鉢長屋に駆け込んだ。さらに遅れた登美は荒い息をつきながら、膝に手を当てている。

見慣れた殺風景な長屋の中には、差配を鬼のごとく睨みつける母がいた。

「差配さん、お芹ちゃんを連れてきたぜ」

「梅吉、助かったよ。お芹ちゃん、梅から話は聞いたかい」

「お芹、与太話なんざ聞かなくていい。あの人が死んだなんて嘘っぱちだよ」

努めて表情をやわらげる差配の言葉にかぶせるように、母が甲高い声で喚く。見かねた登美がよろめきつつ、「お和さん、しっかりしなよ」と近寄った。

「あの、お芹ちゃんもあたしも詳しいことは何も聞いちゃおりません。差配さん、万吉が死んだって本当ですか」

登美は横目で母をうかがいつつ、差配に尋ねる。問われた相手はしかめっ面でうなずいた。

「間違いない。お和さん、あたしが付き添ってあげるから、お芹ちゃんも連れて番屋に行こう」

「どうして番屋に」

「万吉さんの骸を引き取ってこなくっちゃ」

「冗談じゃないっ」

たちまち色を作(な)した母が差配に摑みかかろうとする。登美は素早く母を押さえ、芹も慌ててしがみつく。

「おっかさん、落ち着いて」

「これが落ち着いていられるかい。お芹、あんたも番屋なんて行くんじゃないよ。見ず知らずの他人の骸を押し付けられてたまるもんか」

「お和さん、他人かどうか確かめるためにも番屋に行かないといけないんだよ」

弱り切った差配の声など耳に入っていないのか、母はてこでも動かぬ構えで胡坐(あぐら)をかく。その姿と剣幕を見て諦めたのだろう。差配が芹のほうを向いた。

「仕方ない。お芹ちゃんは一緒に来てくれるね」

できれば行きたくなかったけれど、断ることもできないだろう。番屋に亡骸があるということは、病で死んだのではないはずだ。

芹が恐る恐る尋ねれば、差配はちらりと母を見た。

「あたしの口から聞くよりも、番屋で聞いたほうがいいだろう」

「あの……おとっつぁんは一緒に暮らしていた女の人がいたはずです。その人はどうしたんですか」

「一緒に暮らすと言ったって、万吉が転がり込んでいただけだ。それこそ赤の他人だもの。仏を引き取り、弔いなんて出すものか」

登美は様子のおかしい和のそばについていてくれるという。芹は差配と共に傘をさして番屋へ向かうことになった。


「おい、そんな娘しかいねぇのか」

番屋で待ち構えていた十手持ち(じってもち)は、芹を見るなり眉をひそめる。差配は「この度はお世話になりまして」と頭を下げた。

「この子は万吉の娘です。母親は万吉と別れて久しいのですが、まだ惚れ込んでいるようで……死んだと伝えても、頑な(かたくな)に信じないのでございます」

「だからって、娘を代わりに寄越すかよ」

「この子は十六ですが、歳よりしっかりしております」

芹の歳を聞いた十手持ちがさらに嫌そうな顔をする。どうやら、本当の歳よりも上に見られていたらしい。

「……若い娘の見るようなもんじゃねぇが……母親が来られないなら是非もねぇ。二人で仏の顔を検めてくれ」

顎をしゃくったその先には、筵の先からはみ出している足が見えた。

青ざめた差配に促され、芹は震える手で筵をめくる。横たわっていたのは、記憶の中の姿より歳を取った父だった。

「どうしてこんな……」

じっと見ていることができず、芹はすぐさま筵から手を放す。十手持ちはあっさり告げた。

「よくある酔っ払いの喧嘩ってやつだ」

万吉は昨夜、居酒屋で隣り合わせた人足たちと意気投合した。互いに芝居好きと知ると、團十郎や仲蔵のことで盛り上がっていたらしい。

ところが、人足のひとりがいま流行の少女カゲキ団を引き合いに出し、「あんなものは芝居じゃねぇ」と言ったとたん、万吉の顔つきが一変してその男に殴りかかった。もっとも、非力な幇間の悲しさで逆に殴り返される。そこで止めればいいものを、万吉はそばにあった銚子を叩き割り、人足に襲い掛かったそうだ。

「素手ならともかく、そんなもので刺されちゃ命に関わる。互いに揉み合ううち、人足が割れた銚子を奪い取って万吉の首を刺しちまった。酒が入っていたとはいえ、たかが芝居のことじゃねぇか。酔っ払いに絡まれた挙句、人殺しになっちまった人足のほうが気の毒だぜ」

死んだ父を憐れむでもなく、十手持ちはまるで見てきたように話す。芹は無言で立ち尽くしていた。

「こいつは仏の懐に入っていたもんだ。財布についた血は洗ったが、こっちは洗うわけにもいかなくてよ」

そう言って差し出されたのは、汚れた財布と真っ赤に染まった遠野官兵衛の錦絵だった。芹はそれを見るなり、身体中が震えてきた。

父はなぜそんな錦絵を懐に入れていたのだろうか。しかも、喧嘩になったきっかけが少女カゲキ団の悪口だったなんて。

まさか、あたしが遠野官兵衛だと知っていたの？

昨日、何を言うつもりだったの？

——よせ、よせ。おめぇのような男女じゃ、いくら稽古をしたところで役者にも芸者にもなれやしねぇ。もっとかわいらしい見た目をしていりゃあ、吉原に売ることもできたのに、この役立たずの生まれそこないが。

かつての父の言葉が耳の底からよみがえる。

役者になれない娘など、父には何の意味もない。芹が胸の中でそう唱えていると、十手持ちが頭をかく。

「いくら父親の形見と言っても、これじゃ気味が悪いよな。けど、おめぇのおとっつぁんは本気で少女カゲキ団の贔屓だったみてぇだ。この錦絵と一緒に弔ってやったら、喜ぶんじゃねぇか」

「……どうしてです」

「この錦絵、実は三枚あるんだよ」

それが血でくっついて、無理に剝がすと破れてしまうと説明された。

「まぁ、錦絵なんてさほど高いもんじゃねぇ。流行っていると聞けば、試しに買うやつは大勢いるだろう。だが、同じ錦絵を三枚も買って持ち歩くのはただ事じゃねぇ。遠野官兵衛は若い娘が演じているらしいから、案外あんたと重ねていたのかもしれねえぞ」

したり顔で語られても、信じられないことばかりだ。胸の奥から苛立ちとも後悔ともつかぬものがこみ上げて、芹はうまく呼吸（いき）ができなくなる。

おとっつぁんがあたしの贔屓だなんて……そんなはずはない。

あたしは六つのとき、おとっつぁんに見限られたんだから。いまのあたしのことなんて、向こうは何ひとつ知らないはずよ。

できればそう思いたいのに、俊の言葉が頭をよぎる。

――だって、錦絵がたくさん売れたら、これとは違う遠野官兵衛の姿絵が売り出されるかもしれないでしょう。それに懐に入れて持ち歩いたら、どうしても傷んでしまうもの。一枚、二枚じゃ心許（こころもと）なくて。

錦絵は一枚三十二文。

それが安いと言えるような暮らしを父はしていなかったろう。にもかかわらず、同じものを三枚も買い、持ち歩いていたのは何のためか。

「しかし、どれほど気に入っていたか知らねぇが、そのせいで勝てない喧嘩をして命を落としちゃ元も子もねぇ。この仏も馬鹿なことをしたもんだ」

ため息混じりの呟きに、芹の気持ちの糸がぷつりと切れた。膝から下の力が抜けて、目から涙があふれ出す。

――一遍で台詞を覚えられるなんて、芹坊はやっぱり俺の子だな。

――おめぇは俺に代わって、立派な名題役者になってくれ。

幼い頃のほめ言葉なんて、いまさら思い出して何になる。父に捨てられてから、罵られてばかりいたというのに。

昨日は何のためにまめやに来たの？

あたしが遠野官兵衛と知って、おとっつぁんはうれしかったの？

それとも、あたしの錦絵が売り出されて、おとっつぁんは妬（ねた）ましかったの？

筵の下の父に尋ねたところで、答えは永遠に返ってこない。

芹は番屋の土間に膝をつき、傍目（はため）も気にせず泣き続けた。

な 10-14

# 大江戸少女カゲキ団㊃

著者 中島 要

2021年6月18日第一刷発行

発行者 角川春樹

発行所 株式会社 角川春樹事務所

〒102-0074 東京都千代田区九段南2-1-30 イタリア文化会館

電話 03(3263)5247[編集] 03(3263)5881[営業]

印刷・製本 中央精版印刷株式会社

フォーマット・デザイン＆シンボルマーク 芦澤泰偉



ISBN978-4-7584-4412-5 C0193 

http://www.kadokawaharuki.co.jp/[営業]
fanmail@kadokawaharuki.co.jp[編集] ご意見・ご感想をお寄せください。